U0894890

語可書坊

语之可 第一辑

策　划：作家文摘·语可书坊
主　编：张亚丽
副主编：唐　兰
统　筹：姬小琴
编　辑：裴　岚　之　语
设　计：于文妍　之　可

语之可

Proper words

02

英雄一去豪华尽

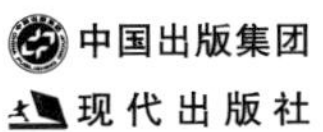
中国出版集团
现代出版社

目 录

管仲改革为何难以为继

陈忠海

齐国虽然拥有大量的甲士和战车，却无法解决“为谁而战”的问题，如果是为国家和国君而战，话虽没错却有些空洞；如果是为自己而战，那在战场上拼死厮杀、取得战功，又能为自己带来什么呢？管仲改革应该没有解决这个问题。

管仲是中国历史上第一位成功的改革家，也是商人从政的成功代表，在他的主持下齐国进行了一场内容丰富的综合性改革，使偏于一隅的齐国成为春秋时期第一个称霸的国家。然而，管仲死后齐国“一世而衰”，他所创造的改革奇迹没能持续下去。

一个没落贵族青年

管仲大约出生在齐庄公五十六年（前 723 年），他的名字叫管夷仲，字仲。姓与氏如今称“姓氏”，但当时是有严格区分的，“姓者，统其祖考之所自出；氏者，别其子孙之所自”，管仲其实姓姬，“管”是他的氏。

周王室也姓姬，管仲与周天子同宗，是贵族出身。

管仲的父亲名叫管庄，做过齐国的大夫，但不知何故很快家道中落了，《史记》说“管仲贫困”，考察一下管仲的童年和少年，除了贫困似乎没有太多可以说道的事。

管仲有句常挂在嘴边的名言：“生我者父母，知我者鲍子也。”鲍子名叫鲍叔牙，是齐国大夫鲍敬叔的儿子，家里很有钱，常接济管仲，还跟管仲一块做过生意，但管仲常欺负他，占他的便宜，鲍叔牙脾气好，对管仲“终善遇之，不以为言”。

青年时代的管仲仍然很不成功：跟朋友一起合伙经过商，但贡献少、索取多；帮朋友出谋划策，结果谁听他的谁倒霉；好不容易混到给齐王做事，结果“三仕三见逐于君”，被老板开除了三次；曾参加过三次战斗，三次都在战场上开了小差。别人都瞧不起管仲，只有鲍叔牙一直力挺他，鲍叔牙认为管仲看起来有些小贪心，那是因为他太贫穷；看起来有些愚，那是因为他“知时有利不利也”；看起来不那么勇敢，那是因为他家里有老母亲在……

作为一个被后世所敬仰的人，管仲的出身有些平淡无奇，没让过梨也没砸过缸，没有“三岁读什么”“五岁怎么怎么样”，但他的经历很丰富，经过商、当过兵，大约也干过公务员，在社会这所大学里学到了很多，也积累了很多。

从囚徒到国相

春秋时齐国的疆域包括今山东省大部、河北省东南部以及河南省东北部一带，偏于一隅，在当时也不是经济发达地区，该国由周武王的军师太公姜尚始封，第十四代封君名叫姜诸儿，也就是齐襄公，《史记》说他“杀诛数不当”“数欺大臣”，是个性格暴躁又昏庸无能的人。

齐襄公曾派两名大臣驻守葵丘，约定“瓜时而往”“及瓜而代”，但到来年瓜熟时他们并未见到有人来替换，就这么一件普通工作安排上的事情，竟然促使他们直接造了反，结果齐襄公被杀，经过一番混乱和争权，齐襄公的弟弟公子小白继位，即齐桓公。齐桓公是个有政治理想的人，他既想坐稳国君的位子、不重蹈哥哥的覆辙，又想在诸侯争霸中抢得先机，但摆在他面前的现实却与目标相距甚远。

从外部看，齐国在当时还算不上一流强国，经济和军事实力都难助其称霸的雄心，在近年来的对外战争中屡尝败绩，近邻鲁国、卫国以及山戎等皆为强敌；从内部看，齐国内政混乱，国君权威不足，权力分散，齐襄公因一件小事就轻易被杀，就说明这个问题。为了实现心中的理想，齐桓公决定实施改革。

改革和变法在当时还是个新鲜概念，齐桓公知道要实现目标必须任用能人，他看中了一个人，就是鲍叔牙，但鲍叔牙认为自己的才能只够辅佐齐桓公做一个守成之君，无法实现称霸的梦想，于是推荐了管仲。

管仲当时不在齐国，而在鲁国。齐桓公坐上王位前曾与他的另一个哥哥公子纠争夺王位，鲍叔牙支持齐桓公，管仲支持公子纠，双方多次交手，在一次战斗中管仲射出一箭正中齐桓公，幸好只射中了衣带钩。最后公子纠一派失败了，管仲跑到了鲁国，又被鲁庄公关了起来。

在一般人看来管仲只是个被人看不起的商人，一个连本职工作都做不好的人，更重要的，他还是一个“站错了队”的人，一个身陷异国囹圄里的囚徒，让这样的人当国相去治理整个国家，不是开玩笑吗？但齐桓公不是一般人，虽然他未必很幽默，却仍然决定开上一次玩笑。齐国此时的情况已经没法再糟糕了，国家衰弱、经济萎靡、君王无威，家底薄自然包袱小，找个人试试也没什么不行，万一出现奇迹了呢？

于是齐桓公费尽心思把管仲从鲁国接回来，在管仲还没有脱下囚衣时，便迫不及待地宣布了国相的任命。

管仲的经济学

齐桓公此时最关心的是如何称霸，他向管仲求计，管仲要他别急，因为称霸之前必须先做好几件事。

管仲认为，要称霸先得兵强，要兵强先得国富，而要国富先得民足，齐国当时离这些目标都差得比较远，所以要彻底改革。作为这场改革的设计师，管仲为改革做出了“顶层设计”，民足、国富、兵强就是其内在逻辑。

首先，要解决民足的问题，让百姓口袋里有钱。管仲认为“凡治国之道，必先富民”，作为一名商人，理财是他的强项，管仲用商人的眼光为齐国百姓找到了六条“致富之道”：一是辟田畴、利坛宅、修树艺、劝士民、勉稼穑、修墙屋，这叫作“厚其生”；二是发伏利、输墆积、修道途、便关市、慎将宿，这叫作“输其财”；三是导水潦、利陂沟、决潘渚、溃泥滞、通郁闭、慎津梁，这叫作“遗其利”；四是薄征敛、轻征赋、弛刑罚、赦罪戾、宥小过，这叫作“宽其政”；五是养长老、慈幼孤、恤鳏寡、问疾病、吊祸丧，这叫作“匡其急”；六是衣冻寒、食饥渴、匡贫窭、振罢露、资乏绝，这叫作“振其穷”。

以上这六条被称为“六兴之策”，概括来说就是通过全面搞活经济、鼓励生产、减轻赋税、调节贫富、加强社会救助等使百姓充分富足，在这一系列措施中尤其以大力发展手工业和商业、推行自由贸易、鼓励消费等最令人瞩目，这些办法收到了立竿见影的效果，齐国的经济出现了繁荣，百姓很快走上了致富路。

其次，在“民足”的基础上，考虑如何实现“国富”。管仲认为“民足”不等于“国富”，在缺乏有效制度安排的情况下，社会财富只会向贵族、大臣等既得利益者集中，管仲深知这个道理，所以在搞活经济的同时推出了“四民分业”“官山海”等措施，保证了国家财富的积累。经济发达、贸易繁荣为国家带来了丰富的税收，盐铁专卖等又使国家增加了额外收入，齐国的经济实力大为增强，迅速成为“经济强国”。

最后，以“民足”“国富”作基础，实现“兵强”的目标。在齐国的军事建设方面管仲同样推行了改革，不仅扩充军备，而且从体制上加强了国家对军队的控制力。过去由于行政权、财权的分散，军队实际上分散地掌握在贵族、权臣们的手中，国君对外用兵必须与他们商量，常常遇到讨价还价的情况，这样的军队自然缺乏战斗力。

为解决这个问题管仲提出了“乡里建设”的构想，把齐国分为 15 个乡，每个乡分为 10 个连，每连分为 4 个里，每里分为 10 个轨，每轨由 5 户构成。如果每户征兵 1 人，每个乡就能征兵 2000 人，把 5 个乡的兵源集中在一起就是 1 万人，编为 1 个军。

这样齐国的常备军就有了 3 个军，总兵力保持在 3 万人左右，这个数字在后世也许不值一提，但在当时的诸侯国里绝对是了不起的规模。不仅军队的数量可观，而且士兵按照“乡里制度”层层征召上来，打破了原有的权贵垄断，国家此时也有能力提供军费支出，所以这支军队牢牢地掌握在了国君的手中。

一个“穿越”的管仲

后人看中管仲主持的这场改革，是因为这场改革并非只是为百姓、为国家“理财”那么简单，它不仅有系统的设计，更有科学的方法和可操作的措施，管仲打破了当时的许多条条框框，在很多方面都实现了突破和创新，比如刺激消费、重视商业、强调国家干预经济等。

中国人历来崇俭，认为艰苦朴素是一种美德，反对奢华和铺张浪费，但管仲不这么看，他说“非高其台榭，美其宫室，则郡材不散”，意思是你不修高台亭榭，那木材不就没有销路了？管仲认为“俭则伤事”，大家都不肯消费，就遏制了生产和流通，所以必须增强消费，提倡高消费甚至奢侈性消费，以刺激经济的发展，这些主张与20世纪30年代凯恩斯在英国提倡的通过高消费刺激经济增长不谋而合，而管仲超前了 2600 多年。

如何刺激消费呢？管仲提出了几条具体措施，比如大兴土木以增加就业，尤其遇到灾年时，百姓无法通过务农而生活，国家就雇佣他们修筑奢华的宫室楼台，目的不是让王室贵族奢侈享乐，而是通过这种方式把国家积累起的财富再分配给百姓。再比如放开娱乐业以刺激消费，过去有些乐舞只能由特定阶层观赏，其实普通市民、商贾也喜欢，“管子治齐，置女闾七百，征其夜合之资，以充国用”，齐国的娱乐业一下子繁荣起来了，以后孔子到齐国听完雅乐“三月不知肉味”。为刺激消费，管仲提出可以适当奢侈一些，人活着吃好些，死了要厚葬，当时在齐国宴会上流行一种煮鸡蛋，鸡蛋的外壳上都画着彩画，据说这个点子就是管仲出的。

管仲改革的另一项突破是国家对经济实施干预。中国古代有一种认识，认为国家对经济最好是顺其自然，顶多是随势引导、加以教诲，尽量避免对其管制约束，更不能用直接干预经济的办法与民争利。到管仲生活的时代，奴隶制逐渐走向崩溃，商品经济兴起，政治上又呈现诸侯争霸的局面，内外部环境的变化对经济发展实现突破不仅提供了条件，也提出了迫切要求，管仲认为国家应全面干预经济，政府要对宏观经济进行干预和介入，实行国家调控，为此管仲主张“通轻重之权，徼山海之业”，提出“工立三族，市立三乡，泽立三虞，山立三衡”，实行这些措施的目的，就是国家利用货币、价格和市场等手段来调控经济。

管仲强调“通权重”，也就是统一货币，除此之外还要实行“以农为本、本末并举”的产业政策，实施“寓税于价”“与之为取”的财税政策，通过政府的介入，大力发展工商业和内外贸易，通过降低税收把齐国变成一个“自由贸易区”，促进商业经济的繁荣。

18世纪英国经济学家亚当·斯密提出，个人在经济生活中往往只考虑自己的利益，被一只“看不见的手”所推动，来实现分工和市场协作，根据这个思想后来又引申出“看得见的手”的经济理论，指国家和政府对经济应该进行适当干预和宏观调控。管仲的经济思想在强调“无形之手”左右市场行为的同时，也强调国家这只“有形之手”的作用，与现代经济学的某些看法十分相似。

一个重商主义者

管仲经济思想中还有一个突出的地方，就是重商主义。

在中国，最早有关商人活动的记载出现在《易经》中："神农氏作，列隆于国，日中为市，致天下之民，聚天下之货，交易而退，各得其所。"《尚书》中也有记载，舜早年曾在顿丘做过商人，有学者指出商代的建立更与商人有关。西周实行工商食官制度，周王室和诸侯设有官府专门管理手工业作坊。

但是中国古代一直是个农业社会，出于维护小农经济的需要，重农轻商的思想早已有之，商人在个别时候虽然也辉煌过，但更多时候受到的却是轻视和怠慢，不时被打压甚至侮辱。

管仲本是个商人，他知道商人的作用，更熟悉经商的要诀，所以在改革设计中不断注入商人的思考，他强调农业的重要性，但不排斥商业，通过大力发展商业来繁荣经济，同时也做到藏富于民。在当时的齐国，商人的地位无疑得到了最大限度的提高，通过商业致富有了更多的可能。

管仲主张要为经商创造一个良好的环境，打造以齐国为中心的“自由贸易区”。《管子》有记载：“桓公践位十九年，驰关市之征，五十而取一。”在齐国境内经商，只按照 2% 的比率收税，这几乎是“零关税”了，附近各个国家的商人都跑到齐国来做生意，齐国出产的货物也很方便地销往了各个国家，促进了齐国经济的发展。

要经商还离不开对市场规律的认识，管仲说“币重而万物轻，币轻而万物重”，揭示了货币与商品的比价关系，这种关系不是将二者的价值量作简单比较，而是考察其在市场上价格的变化，寻求规律。站在一个商人的立场，管仲分析出“物多则贱，寡则贵；贵则散，轻则聚”的道理，说简单点就是物以稀为贵，管仲把这个规律运用到了商战实践中。

鲁国和梁国出产绨，绨是一种丝织品，管仲劝齐桓公穿绨做的衣服，并让大臣们也都穿，带动齐国百姓都去穿，结果齐国绨价大涨。管仲对鲁国和梁国来的商人说，你们贩到齐国 1000 千匹绨就奖励给你们 300 金，商人们都争着往齐国贩绨，这两个国家的百姓也争着生产绨，最后几乎全员参与到织绨运绨中，放弃了农业生产。管仲这时又劝齐桓公改穿帛，同时下令“闭关，毋与鲁、梁通使”，10 个月后“鲁、梁之民饿馁相及”，只得花钱去齐国买粮食，管仲让齐国商人抬高粮价，每石要花上千钱，3 年后鲁国和梁国被彻底打垮。

同样的办法还应用在与楚国的商战中，楚国一向强大，管仲建议齐桓公用高价收购楚国的鹿，楚国人一看往齐国贩鹿可以发大财，于是都参与进来，男女老幼忙着捉鹿贩鹿，也忽视了粮食生产，而齐国一直致力于发展农业，丰收之后把粮食悄悄聚积起来，“藏谷十之六”。管仲故技重施，当楚国突然陷入粮荒时，管仲下令关闭齐楚间的关市，停止鹿和粮食的交易，大量楚国人因为饥饿而降齐。

代国产狐皮，管仲派人到代国高价收购，也造成了代国农业生产的荒废。在高利润诱使下，代国人整天钻到山林里捉狐狸，狐狸越捉越少，“二十四月而不得一”，代国人最后没能发大财，而粮食却没有了，国力下降，导致北方离枝国乘机入侵，代国只好投降齐国。

上面这几件事都记载在史书里，可能有夸张之处，但基本事实估计也都是有的，在苦于征伐的春秋时代，这种用商业手段打击对手的方式让人耳目一新，只有充分掌握商业规律才能把这种商战运用到炉火纯青的程度。

齐国的“和平崛起”

管仲领导了一场有声有色的改革，没几年齐国就富起来了，不仅富有而且还有了一支强大的军队，齐桓公终于可以用这支军队称霸天下了。

齐桓公的称霸思路比较传统，“欲从事于诸侯”，潜台词是要拿武力来说话，管仲一再劝阻他不要用兵，最后齐桓公实在忍不住了，不用兵，搞富国强兵还有什么用呢？好比一位姑娘，花几个月的薪水买了件漂亮的裙子，却告诉她只能一个人躲在屋里穿，多无聊啊？

在齐桓公多次催促下，管仲才说出了他的称霸策略：现在周王室虽已衰微，但名义上还是诸侯的共主，与其武力征伐还不如“奉天子以令诸侯，内尊王室，外攘四夷”，对各诸侯国，国力衰弱的就扶持它，强横、昏乱的再去制裁它，天下诸侯“均知齐无私心，必相率来朝齐”，到那时不必大动干戈就可以完成称霸的大业。

管仲想用和平的手段完成“大国崛起”，齐桓公想了想，还是接受了这个建议。齐桓公于是跑到洛阳拜见了周天子，此时的周天子是周僖王姬胡齐，孔子批评过他“宫室峻而奢侈”，他待在洛阳其实日子并不好过，那些诸侯国早已失去了控制，平时没人来寂寞，有人来了又胆战心惊，现在来了个愿意听命称臣的，周僖王很高兴，对齐桓公大加赞赏，同时给予全力支持。

齐桓公提出以周天子的名义大会诸侯，周僖王同意，请齐桓公代他做会议主持人，开会地点由齐桓公自己定。那个时候诸侯间的会议很难开起来，交通不便是其次，大家能不能坐到一块是关键，没有绝对权威的人出面召集，会是开不起来的。同时，开会总要有个议题，千山万水跑来，不能喝喝茶、吃顿饭就打道回府了。

议题很快来了，这时宋国发生内乱，宋闵公被杀，他的弟弟御说出逃，齐桓公就以此为议题，邀请宋、鲁、陈、蔡、卫、郑、曹、郑、遂等国来北杏开会，商讨如何解决宋国的内乱，还要在这次会议上明确公子御说为宋国的新国君。齐桓公五年（前 681 年），宋国与鲁、宋、陈、蔡、邾等国会盟于北杏，齐桓公开了以诸侯身份主持天下会盟的纪录。

此次会盟也有一些国家故意不来，齐国于是挑了个实力最差的遂国来开刀，北杏会盟结束后齐国即出兵攻打遂国，轻松将其吞并，其余受到邀请而没来的国家无不惊出一身冷汗，以后齐国再招呼大家会盟，无故不来的就少了，齐国在诸侯间的威望大增。

《论语》说齐桓公“九合诸侯”，也就是召集了 9 次会盟，《春秋穀梁传》说得更详细，认为有 15 次，其中“衣裳之会”11 次，“兵车之会”4 次。所谓“衣裳之会”是指纯粹的外交聚会，在和平友好的气氛中进行；所谓“兵车之会”是指带着兵去的，气氛比较严肃，但也不一定大打出手。

按照《春秋穀梁传》的记载，11 次“衣裳之会”分别如下：前 681 年春的北杏之会，前 680 年冬的鄄之会，前 679 年春的鄄之会，前 678 年 12 月的幽之会，前 667 年 6 月的幽之会，前 659 年 8 月的柽之会，前 658 年 9 月的贯之会，前 657 年秋的阳谷之会，前 656 年夏的召陵之会，前 655 年夏的首止之会，前 653 年 7 月的宁母之会，前 651 年夏的葵丘之会。4 次“兵车之会”分别如下：前 652 年正月的洮之会，前 647 年夏的盐之会，前 645 年 3 月的牡丘之会，前 644 年 12 月的淮之会。

在这些会盟中，齐桓公都打着“尊王攘夷”的旗号，因而受到了周天子的肯定和赏赐，齐桓公于是成为春秋时代的第一个霸主。对于那些挑战周天子或齐国权威的，齐桓公也出兵适当地教训一下。前 656 年，齐桓公曾率领各诸侯国的联军进入楚国，质问楚国为何不按时向周天子进贡祭祀用的茅草，在强大的军事压力下楚国不得不低头认错。

齐桓公在位 42 年，真正“动刀动枪”的只有 2 次，一次为保卫燕国击退山戎，一次为保卫邢国击退狄人，其他都是以和平的方式解决争端。“九合诸侯，一匡天下”，这种“和平崛起”的奇迹成为以后乱世争雄者们的梦想，曹操在《短歌行》中赞叹道：“齐桓之功，为霸之道。九合诸侯，一匡天下。一匡天下，不以兵车。正而不谲，其德传称。”

“一世而衰”之谜

晚年的齐桓公进取心减弱，整天被宠臣包围，他最喜欢的宠臣有三个，分别是公子开方、竖刁和易牙，齐桓公跟他们很对脾气，只要有他们陪着就高兴，一天看不着他们就难受。

公子开方是卫国的公子，为讨齐桓公的欢心，他 15 年不回家探望父母，父亲死的时候都没回去奔丧，这让齐桓公相当感动，认为公子开方爱他胜过爱自己的父母。

竖刁也是贵族家的孩子，很小的时候就被送到齐宫来服侍齐桓公，“竖”说明了他的职业，就是宦官，这个职业的历史很悠久，《周礼》有记载：“宫者使守内，以其人道绝也。”那时宫里不完全是阉人，也有正常的人，完全用阉人是从东汉开始的。竖刁长大成人后可以做别的选择，但为了能继续服侍齐桓公，他毅然决然地阉割了自己，所以有的史书也把他的名字称“竖刀”。此举同样感动了齐桓公，认为竖刁这小子爱他胜过爱自己。

但在表忠心方面，他们二人跟易牙一比就算不了什么了。易牙是个厨师，专门侍候齐桓公的饮食，他烹饪的水平很高，很得齐桓公的欢心。有一次，齐桓公一边品着乳猪肉一边随口说：“寡人尝遍了天下美味，只是从来没有吃过人肉，遗憾啊！”其实这只是齐桓公嘚瑟嘚瑟、矫情一下，真给他弄块人肉估计他未必咽得下。

但易牙不这么想，他觉得自己向齐桓公表忠心的机会来了。不久，齐桓公用午膳，易牙上了道肉汤，齐桓公喝完觉得鲜美无比，就问是什么肉做的，易牙跪到齐桓公面前，没开口先流下了眼泪，齐桓公很纳闷，追问怎么回事，易牙道出实情，原来这是用他 4 岁小儿子的肉做的，为了让国君身体安泰，他果断杀了心爱的幼子，做成汤给齐桓公吃。明白真相的齐桓公估计得差点儿吐出来，但紧接着齐桓公就被易牙的忠心所深深地感动了，认为易牙爱他胜过爱自己的亲生骨肉。

齐桓公被这三个小人包围了，不再励精图治，也不再想大会诸侯的事，只图安逸享受。管仲对这三个人很看不惯，多次提醒齐桓公远离他们，这引起竖刁等人的不满，利用一切机会诋毁管仲。周襄王七年（前 645 年）管仲患了重病，齐桓公前往探望，病榻前问管仲谁能接替相位，对这个问题管仲没有正面回答。齐桓公于是问易牙怎么样，管仲说易牙为了讨好国君连自己亲生儿子都烹杀了，这种没人性的人不能当国相。齐桓公又提到竖刁，管仲认为人都把自己的身体看得最重要，连自己身体都不在乎的人，还能在乎别的什么？齐桓公又提到公子开方，管仲依然摇头："连父母都能抛弃的，还有什么不能抛弃？"

管仲最后向齐桓公推荐了隰朋，他是齐国宗室，齐庄公的曾孙，"政治上"可靠，多次参加诸侯会盟，熟悉内政及外交事务，管仲认为他眼光远大又能虚心下问，是辅佐国君的最佳人选。齐桓公倒也肯听管仲的，打算让隰朋接管仲的班，竖刁等人极为不满，跑到鲍叔牙那里挑拨，说管仲应该推荐鲍叔牙才对，鲍叔牙不为所动，认为管仲推荐隰朋恰恰说明他一心为社稷宗庙着想，没有个人私心，让竖刁等人闹了个没趣。

管仲死后隰朋接替了相位，齐桓公想起管仲临终前说的话，就把易牙等三人赶出了齐宫。可惜的是，10个月之后隰朋也死了，鲍叔牙也在这时候死了，齐桓公身边的忠臣越来越少，小人自然又有了机会，齐桓公看不到易牙等人吃饭都少了滋味，就把他们三个人又召回宫里。

不久齐桓公病重，要考虑接班人的问题了。齐桓公有 6 个儿子，没一个是嫡出，所以都有继承大位的机会。齐桓公先立公子昭为太子，但竖刁等人不喜欢公子昭，于是怂恿齐桓公另立公子无诡，太子昭担心被迫害，逃到了宋国，齐国因此发生了内战。

一代霸主齐桓公最后很可怜，在内战中易牙指使人堵住宫门，不让任何人进宫，以便自己随时可以假传君命。最后有两个宫女趁人不注意越墙进宫，发现齐桓公快饿死了，齐桓公还不知道外面怎么回事，宫女把易牙等人作乱、堵住宫门不让人进来的情况告诉了齐桓公，齐桓公追悔莫及。

齐桓公最终还是饿死了，死了 60 天竟没人问没人理。齐桓公死后齐国的内乱未止，齐人最后杀了公子无诡，竖刁等人要么被杀要么逃亡国外，齐人把公子昭接回来当国君，也就是齐孝公。这场内乱让齐国从此衰落，随着晋国的崛起，春秋争霸的主场也换到了别处。

齐国在春秋时期最辉煌的一段就这么昙花似的过

去了，有人称齐国为“一世而衰”，辉煌与衰落的交替尽管也是一种规律，但辉煌来得这么快，之后的衰落又来得这么急、这么彻底，却让人多有不解，留下了一个谜团。

管仲与商鞅

从管仲改革创造的经济奇迹看或不至于此，一个实力强大的国家即使出现易世之争，有足够厚实的“家底”也足以让其重振雄风。200 多年后商鞅在秦国变法，不久商鞅死、变法废，秦国也出现过内乱，但变法的精神成果和物质成果却无法磨灭，秦国因商鞅变法而走向百年强盛之路，最终一统天下，齐国为何“一世而衰”呢？

有人认为主要原因是用人不当，齐桓公晚年身边出现了竖刁等小人，他们最后祸乱齐国，正是因为小人弄权才导致齐国迅速由辉煌走向了衰落，有人甚至认为管仲没能帮助齐桓公选好人，作为相国负有更大的责任，这种看法在后世很有代表性，宋人苏洵在《管仲论》中说：“故齐之治也，吾不曰管仲，而曰鲍叔；及其乱也，吾不曰竖刁、易牙、开方，而曰管仲。”

还有人认为主要原因是制度建设问题，管仲改革多为人治而非法治，许多改革措施没有像商鞅变法的户籍制、什伍连坐制那样成为制度固化下来，今后无论谁执政都不影响政策的执行，齐国随着改革决策者和主要推动者的离去，改革事实上也消失了。

这些说法各有道理，但或许还不是问题的要害。“管仲奇迹”未能持续，更重要的原因也许与改革措施本身相关，管仲善理财、以商治国，固然创造了经济的繁荣，国家财力因此大增，甚至打造出了数量可观、装备优良的军队，但这些繁荣和强盛又是脆弱的。

齐国创造了对内对外贸易的繁荣，因此赚了很多钱，然而商业的本性重交易而轻生产，这增加了经济的不稳定性。又因为商业获利更容易，人们既然可以通过这条渠道致富，就会把它作为优先方向，不仅繁重的生产劳动不被大家羡慕，更不会冒着生命危险去战场上厮杀以博取向上晋身的机会，这是以商治国的弊端，至少在那个时代“商战”不如“耕战”更为坚实牢靠。

《管子》一书所列举的许多“商战”成功的事例即

使存在，但绝不是齐国崛起称霸的主要原因，这些故事都有一定的传奇性，其中的道理普通人稍微琢磨一下大概也会明白，靠这点小聪明和小把戏可以获利一时，却不能真的去征服列国。齐国“九合诸侯”靠的是数量可观的甲士和战车，由于国家实现了富裕，齐国置办这些家当不在话下，管仲为齐桓公训练了至少 3 个军的战士，齐国靠着它所形成的威慑力，才能让列国不战而服。

但是，齐国虽然拥有大量的甲士和战车，却无法解决“为谁而战”的问题，如果是为国家和国君而战，话虽没错却有些空洞；如果是为自己而战，那在战场上拼死厮杀、取得战功，又能为自己带来什么呢？

管仲改革应该没有解决这个问题，因为直到商鞅在秦国变法推出军功爵位制，这个问题才逐步得到了解决。商鞅规定，秦军士兵斩获敌人一个甲士的首级，就可获得公士的爵位以及田一顷、宅一处和仆人一个，斩杀的首级越多获得的爵位就越高，不必担心奖励封顶，因为商鞅设计了多达 20 级的爵位，不仅有爵位和物质奖励，勇敢杀敌还能获得更多的政治待遇，比如斩杀 2 个敌人甲士的首级，父母是囚犯的可马上释放，妻子是奴隶可马上转为平民，斩杀 5 个首级，可以获得 5 户人家做自己的仆人。只要把敌人的脑袋割下来带回，就可以马上兑现，秦军所向无敌，靠的是机制的力量。

管仲当然也明白机制的重要，他曾提出著名的“利出一孔”思想，强调国家对百姓和一切社会资源的绝对控制，强调百姓希望得到的一切都由国家来掌握、分配和赐予，但在一个重商主义和自由贸易盛行的社会，很难完全控制人的思想、利益和欲望，自然也无法完全控制人的行动，“利出一孔”只是目标而不是措施，没有措施的目标又是不可靠的。

在一个重商主义的社会里，即使也推出了功爵制度，在齐国也不会有太好的效果，齐军不是秦军，前者摆个阵势吓唬人没问题，却不如后者在战场上敢玩命。商鞅很聪明，他强调军功受爵，同时也强调重农轻商，不仅轻商，更抑商、贱商、侮商，把那些有上进心的人都赶到战场上去。

齐国的崛起带有一定人为因素和偶然性，这为齐国的衰落早已埋下了伏笔，奸人、小人哪朝哪代都有，说他们凭一己之力就挫败了一国的时运，那只能说这个国家的“好运”本来就是脆弱的，奸人、小人充其量只是做了某种失败的替罪羊，苏洵的《管仲论》虽在后世影响巨大，但论点却不足为训，因为他只看到了问题的表层，而没有触及根源和本质。

有一句话：“钱不是万能的，没有钱却是万万不能的。”也许这句话还应该反过来强调：“没有钱是万万不能的，但有钱却不是万能的。”对一个国家来说民不富、国不富是“万万不能的”，但只有民富、国富也不是“万能的”，由民富、国富到兵强、国强再到实现持续强盛，中间往往还差着好几步。

是非功过武则天

黄仁宇

从各种事迹看来，唐初大规模地组织一种官僚制度，遇到无数技术上的困难，其症结则是不能在数目字上管理，更需要纪律。环境和事实都企盼一个大独裁者出现，武则天适逢其会。

我开始在美国教书的时候，常感到一类题材，不易处置，武则天也是其中之一。要是从传统的道德立场攻击她，则明知所谓“杀子、屠兄、弑君、鸩母”半系牵强虚构。并且她在不同名义之下主持中国的政局半个世纪，其影响之所及与历代帝王最有流风余韵的相比，并无逊色。所以事实决不会如此简单，可以由我们以“好”“坏”概括之。而我所讲授的，则又是中国史的纲要，也要与今人有关，因此更难。

武则天的父亲武士彟隋末从唐高祖发难，曾官至工部尚书、荆州都督，所以她也算出身名门，并非“寒微”。只是她在十三四岁之间入宫为太宗才人。所谓才人半为侍女，半为皇帝宫中没有实际名分的姬妾。太宗去世之后，她就发付感业寺为尼，在这里她邂逅了高宗李治。兹后她由高宗的昭仪进为宸妃，于655年立为皇后，据算应当已在三十岁左右。

她自与高宗见面之后即有控制他的力量，无可置疑。高宗有子八人，前四子出自后宫其他妃嫔，后四子则全系武后所生。以唐朝皇帝姬妾子孙之多，如太宗有子十二人，玄宗有子三十人，宪宗有子二十人，武则天必曾专宠于李治之后宫。

高宗于 683 年去世，武则天初立她的儿子李显为皇帝，她自己仍临朝称制，不出两月，她又废李显为庐陵王，而另立儿子李旦为帝，皇太后称制如故。公元 690 年她更“革唐命”，改国号为“周”，自称“圣神皇帝”。如此以女主称帝约十五年。到 705 年的春天她生病才由李显复辟，是为中宗。那年年底武则天才与世长辞，官方称她享年八十一，有些人说她实际年龄为八十三。中宗复辟后五年据说为他的韦后所弑，但是韦氏想照样以女主临朝称制的计划则为李旦之部属所推翻。李旦于 709 年复位，是为睿宗。只是如此一来，李显与李旦，中宗与睿宗，俱是武则天的儿子，而且兹后唐朝其他十五个皇帝也全是她的孙辈和后裔。所以纵是武后的头衔一改再改，她仍是唐朝的祖先和国母。以一个篡位而颠倒朝代的人物，又在太庙里千秋享配，也令修撰国史的为难。他们既不敢褒也无法多贬，因此也更造成机会使好多人可以以传闻混为史实了。

武则天还有两点引人注意的地方：一是她的恐怖政治。她在 686 年在各处设铜匦接受密告。又任来俊臣为御史中丞（监察院副院长），他和旁的特务人员拷讯的工具，惨极人寰，等于逼人自诬而就死地，经来审问的“百不全一”。

此外武则天的私生活据传说可以与俄国的女沙皇凯瑟琳相埒。她在六十多岁时因宠爱薛怀义，所以教他入寺为僧，以出家人的名义入幸禁中。她到七十多岁的时候又以美少年张易之、张昌宗兄弟“傅粉施朱衣锦绣服”和她及女儿太平公主燕居作乐。司刑少卿桓彦范上疏弹劾他们，指出“陛下以簪履恩久，不忍先刑；昌宗以逆乱罪多，自招其咎”。自谓簪履恩即系鬟发与趾泽间的情爱。武则天置而不问也不追究进谏人。还有一位右补阙朱敬则的疏则更是唐突，引用外间传闻对武后的批评更为猥亵，她则批答：“非卿直言，朕不知此”，赏上疏人彩百段。

有了这些不仁不正的行径，武则天仍被德宗朝贤相陆贽称誉。明朝以“非正规”态度评史的李贽和清朝以正规而又客观态度评史的赵翼，都对武则天留有好评。

仅从短距离侧视界观察武则天，我们很难看出她对中国历史的贡献。她在有些地方，也像王莽，即系根据《周礼》及其他原因和个人爱好，将政府机构和各种事物更换其外观及名称。洛阳实际是她的首都，她一大权独揽之后又将之从“东都”改称“神都”。吏、户、礼、兵、刑、工六部，则成天、地、春、夏、秋、冬六官。门下省为鸾台，中书省为凤阁。旗帜金色，她所御的紫宸殿则施以浅紫色的帐幔，八品以下官员过去服青者此时服碧。如果这时候有人骤到洛阳，很可能被这金碧辉煌的神都所炫耀，也可能因为鸾台凤阁把一个大帝国的政府错认为一个动物园。

可是任何人以为唐朝的太后变成了大周皇帝，仅在装饰门面，在各种事物上加入比较鲜明的女性色彩和美术情调，则是绝对低估了武则天的“革命”。

中国史学者通常以为唐高宗李治软弱无能，才引起这段“女患”。《旧唐书》云：“帝自显庆以后，多苦风疾；百司表奏，皆委天后详决。”现在看来，他所患的好像是高血压，也妨碍其视力，有多年历史。所以倚赖武则天判断书牍，又让她“垂帘听政”，在皇帝宝座之后得悉召对臣下的谈吐，已分别开始于650年及660年间施行，除此之外现存史料不能证实他在长期做傀儡皇帝，况且他的好动与好改变，与武后不相上下。武后执政期间改年号十六次，高宗就改了十四次。最后在位五年间每年年号不同，为前所未有。他曾决定率兵御驾亲征高丽，因武后苦谏而罢。他又与武后相随幸东都游曲阜，封泰山。到临死的那一天还准备登则天楼门，只因气喘不能上马而止，但仍在殿前完成宣读大赦仪式。他又建造蓬莱宫、合璧宫、九成宫和镜殿，都具有打破传统的作风。他之准备封皇太孙，既无前例，他就称“自我作古”，也就是说让我来创造这段历史成例。李治又曾说“炀帝拒谏而亡，朕常以为戒”。通常历史家以武后之殿试是中国考试制之一种里程碑，其实659年高宗李治“亲策试举人凡九百人”。有了这么多的事迹，可见得他纵听任武则天，让她专擅，不能就算庸碌。而且高宗在位三十四年，已经一再在臣下面前标榜他的皇后就是他的分身，他们两人自称“天皇天后”，时人谓之“二圣”。所以他生前已经替武则天留下了一个合法的地位。他一去世，遗诏所称，太子即位，“军国大事有不决者兼取天后进止”，已经有了皇帝一般敕旨的力量。所以有些高宗朝官，如大理丞（**最高法院法官**）狄仁杰以后就仕武则天好几十年，并未被视作为变节。

可是这种安排，到底不是举朝上下所能称心如意地接受。况且过去高宗自己被立为太宗李世民之嗣，就曾费过一番周折。只因长孙无忌的竭力支持才能在困难中通过。长孙无忌是太宗文德皇后之兄，高宗之舅。唐朝初年曾策动玄武门之变，帮助李世民夺取皇位，再度支持高宗嗣位后已是三代功臣，两朝元老，为宰相三十年，又兼太尉，也俨然有汉朝外戚之任大司马、大将军的声望。只是他反对立武则天为后，被高宗臣下诬构，流窜黔州，后来又被逼自杀。有了诸如此类的事情作背景，武则天也知道自己过去几十年的擅权，“黜陟杀生，决于其口”，现在要只身对付满朝的明争暗斗，不能不采取主动的地位。

高宗去世之后不久，首先发生问题的为儿子李显。

他虽被立为皇帝，未有实权。在这时候他封皇后（**即后来生事的韦后**）之父韦玄贞为侍中。但管重要任免的中书令不肯与。这不仅是官衔禄位问题，而是因为侍中是举足轻重的官职，又派与另外一位皇后的父亲，势必与太后冲突。这也基于中国传统政治，真理由上而下，皇权既无法合理化，也不便分割之故。这事也确引起武则天对李显的不满，而成为谪废他为庐陵王的主因。不久即有李敬业在扬州以兵反。敬业是攻高丽宿将李之孙，他这时被谪降，意态怏怏，也纠合一群对朝政不满意的人在东部举事，看样子他没有真正“勤王”的诚意，他的叛变不出三月而平。但是他的讨武则天檄，为骆宾王所作，是骈文中的名著，被广泛地传诵。内中提及“君之爱子，幽之于别宫，贼之宗盟，委之以重任”，已经把正反顺逆的李唐和“伪武”之阵容划分得清楚，很有宣传的功效。文中又激劝唐朝旧臣用对高宗李治的君臣父子之情，去清算武则天。文称：“言犹在耳，忠岂忘心？一抔之土未干，六尺之孤何托？”更有煽动性。如此就更使武则天只有更走极端。

她的政权，既为她本人及她亲信的安全的唯一保障，亲生儿子也是敌方争取的对象，则她也只有一步逼一步。李显与韦后既被流放而受拘禁，一有来使出自武后，则很惶恐地以为是母后要赐他自尽。另一个儿子所谓章怀太子贤的，可能被她亲信所杀，出自武则天的旨意与否无从查证。还有一个儿子早死，剩下一个儿子李旦，纵要他做皇帝他也不敢出面了。以后她之清算唐朝宗室，越做越紧，也逼得很多李家亲王造反，因之才将他们诛杀殆尽，只有一些年轻的孩子流窜岭南才被幸免。这类事情固然可以表示她的凶狠性格，一方面却也是很多复杂因素一时猬集之所致。她的特务政治恐怖政治也是此时的产物，其目的也是要让朝中人物于逆顺之间分别去留，甚至对她尽忠为国的狄仁杰也一度被判死刑。如此发展，很难在她武曌武则天和唐朝的“顺圣皇后”的人身经验中找到前后一致的逻辑，而只能在这政治环境里看出其为一种超过人身经验的运动，有其来龙去脉。

所以武则天也要去制造她的逻辑。她发觉自己之为唐朝的皇太后已经不能控制眼下局面，即令儿子做傀儡皇帝也仍不能解决问题，只有一身挺当，“革唐命”，自称武家源出于周文王，本身为“圣神皇帝”。好在《周礼》这样一部有假历史性的经典，充分地表扬着中国传统里国家之为王者禀承自然法规一手创制的乌托邦等思想可以全部利用（例如吏部与天对，户部与地齐，礼为春，兵为夏，刑为秋，工为冬等等间架性的设计和一种美术化的趋向）。而被她推崇的佛教，又无形中倡导众生平等，男女也没有基本的区别（但是她仍提倡孝顺父母，在高宗时已经禁止父母向僧侣行礼，龙门石窟的佛像也是替她父母祈福）。既有《大云经》，则可见得大周皇帝虽为女身仍可能为弥勒复生。

武则天引起历史家好奇心的地方，在于虽处于很不利的条件之下，但她的作为仍能成功。她做皇后二十八年，皇太后七年，兹后又以本人名义做皇帝十五年，除了因她自己而产生的问题之外，国家也未遭受过重大的变故。她在 697 年诛来俊臣之后，统治已比较和缓。中宗的复辟，仅有极少量的流血。所称“社稷宗庙陵寝郊祀行军旗帜服色天地日月寺宇台阁官名并依永淳以前（682 年）故事”，就轻而易举，可见这些名义和外表上的事物，只是武则天做大独裁者的工具，并不是她施政的真髓。

武则天是否丽质天生，今日已无法分辨，一个简洁的说法，则是她的才貌识见都不能为中庸。她即有“掩袖工谗，狐媚惑主”的能力，那也只能算是当初夺取权位的一种手段，其在历史上的重要性，早被她以后的作为所压倒。我们要确定她在历史上的地位，还是要考虑到她的时代和环境。而她的长寿，则比她的相貌及胆识还要重要。

7 世纪的下半期，可以视作以隋唐宋为门面的“第二帝国”的一段调整与重新配备的时期。第二帝国由拓跋民族强迫地将一些游牧民族的部落改造为农业社会，先组成一个北魏政权的核心，由山西扩大至河南，更贯穿至陕西。其前身经过北魏、北齐、北周各阶段，都离不开胡人汉化的政权，采取“周礼式”的书面设计控制着极大数量的小自耕农的姿态。所以三长制、均田制、租庸调制及府兵制的着眼，都不外以一种极简单的数学公式管制经理成千万的人口。第二帝国之隋唐，承袭了这体制。它们遇到的最大的问题，一是因为国土扩张，需要将这种原始组织由黄土区域及华北平原，推而用之于地形复杂，土地所有错乱，物产和交通条件迥异的地区，其行政原则过于简单，而其企图操纵的对象则过于繁复。

其二则是少数民族之酋领与有门第的汉人联婚，经过北朝各阶段，成为一种新型贵族，也有垄断朝政的趋向。旁的人不说，李唐王朝本身，即受这遗传因素的影响。如太宗李世民之文德皇后长孙氏，即高宗之母。她的祖先即是北魏献文帝拓跋弘之兄。他的家人历经西魏北周王公大人的身份，才改姓为长孙。高宗嗣立之前，李世民之另一位太子李承乾，也是长孙皇后所生。他就喜欢讲突厥语，用突厥服饰，行突厥风俗。武则天自己的母亲杨氏，也与隋杨为一家。隋炀帝尚有一个女儿为李世民之妃。而隋炀帝即出自独孤氏，也是鲜卑大姓。当时朝中人物类此极多。高宗之舅长孙无忌已如上述。这种新型贵族不仅与下面以文官组织统制大量小自耕农的体制格格不入，而且牵涉少数民族因素，更有分化的力量，长孙无忌倒台之前即有人说他是“王莽司马懿之流也”，其原因已非只一端。

又魏晋南北朝以来汉人之世族，“既不能令又不受命”，在各地区造成一种超过政治威权的社会力量，至唐初仍未收声敛迹。太宗令人作《氏族志》就希望以他所授官爵压倒“其子孙才行衰薄，官爵陵替，而犹昂然以门第自负”的世族。但是他自己手下的大官如魏徵、房玄龄和李仍与这些世族联姻，因之他们“旧望不减”。因之高宗又于659年降诏不许十一个世族子弟自为婚姻。

这些条件，概括武则天登场前后的背景，所以她执政五十年，也包括为高宗之后的一段，实在是与亟须调整与重新配备的第二帝国相始终。

如此看来，我们更要体味到Denis Twitchett在《剑桥中国史》里所说，太宗李世民的经营实系人身（personal）政治，而非经制型（institutional）的政治。李治与武则天，自称“天皇天后”，才将一个暂时体制改变而为永久体制。高宗在立武后前已颁布《五经正义》，又于651年颁布新订的律令格式（根据太宗遗诏，以永徽律代贞观律），他和武后又以洛阳为东都，已经有与民更始的姿态。以后更次曲阜，幸孔子庙，诏各州县修建孔子庙，又同时继续南北朝以来的趋势，大规模而有系统地提倡佛教，崇奉老子，造成“三教归一”的体制，在当日算是创造了一种新的意识形态。只是时日久远，我们现在已不容易想象其深切的影响（此点与近代中国受西洋文化影响相似，所注入的新见解，也使一般人士扩大其视界）。

唐朝政治与以前不同之处，则为地方政府亦由中央督导组织，除黔中、岭南、闽中之外，州县官亦由吏部补授。钱穆提及东汉士人，则说他们道德观念窄狭，讲到唐朝则说“政权之无限止的解放”。虽然一是思想，一是官制，而两者之间不能没有共通的关系，否则就不会在前后之间产生这样一个大的差别。佛教已为少数民族所崇奉，而且既能以智度禅定迎合知识分子，也能以净土往生引导俗众，就容易在“官倍于古，士少于官”的条件下，发生上下混同的功效。道教的虚寂自然，也有大而化之的用意。这许多思想信仰上的因素，都为政府宣扬而普及化才能在雕版印书、教育比较普遍、水上交通展开、士绅阶层（gentry）活跃的时代内，作为新社会的一种精神上的支持。我们无从“证明”如果没有唐高宗李治与武后的一番安排，唐朝不能继续遣派中下级官僚到广泛的地区去上任。只是反过来说，要是这些官僚又都像东汉名士一样，个个以窄狭的道德观念当作社会秩序的根本，并且以私人的意气当作法律执行，则整个组织也就会老早垮台了。

高宗之清算“谋反”株连到自己亲属，又继以武后大批残杀帝裔及大臣，既不论公平与否，也不论与他们当时行事的动机是否相关，因而产生的一段结果则是给朝廷贵族阶级一个大打击。有如 Richard Guisso 所述涉及的有好几百家，官僚中则一般都是京官五品以上，并且子孙又不许参加考试，则在武后主持国政的五十年，中国的上层社会必有一个剧烈的变化。

设铜匦告密，不是我们今日所能称羡的事。只是当日一般官僚，确也是需要整肃。譬如高宗时，刘仁轨言，州县每发百姓为兵，富者行钱则免，贫者则征至老弱，有些就逃亡自残（也可以见得府兵制只有在一个极短的时间内一度有效）。武后初立时广州都督路元睿为南洋来的外商所杀，中国的记录也都说是因为路的僚属侵渔番舶，向官厅告状的番商反被枷系。又经过武后一段严厉的惩治，到她末年，还有文昌左丞（内阁总理）宗楚客兄弟犯赃。他们住宅的崇丽使武后的女儿太平公主都叹说：“吾辈乃虚生耳。”而最令人发指的则是河北官军不能抵抗契丹保护人民，一到寇退官厅又抓着百姓以通敌论，动加杀戮，只有狄仁杰才能将这些事情报达武后。所以从各种事迹看来，唐初大规模地组织一种官僚制度，遇到无数技术上的困难，其症结则是不能在数目字上管理，更需要纪律。环境和事实都企盼一个大独裁者出现，武则天适逢其会。

武则天虽不是首创殿试的人，但是她首先自己出面经常策士，不较门第。她精力又强，很多官僚既被诛杀流放，则必要人补抵，通常也由她自己做主。有人说她在位时代，“补阙连车载，拾遗平斗量”，可见得新进人员之多。即以高宗时代的情形而论，官员之入流者一万三千四百多人，每年吸收新进人员约十分之一。如此给她操纵经营好几十年。则单只人事安排一项，也可见得她力量之大影响之深。

武则天（或武曌）是传统政治非常时期的一个特别人物。我们很容易从她的事迹中看到当日中国之形貌，却不容易在同样情形之下窥测到她的真性格。譬如我们从现存资料就不容易断言她的性生活（与之相反地，凯瑟琳的性生活则非止传闻，有医生的证据见诸书端）。

武之引用张家兄弟，给他们的名义为“控鹤监”和“奉宸令”，有将唐朝典闱女史的官职翻一个面的形势。她甚至可能以为自己以女身为皇帝，又何不置男妾？然则这类事只能由我们揣想。她对朱敬则奏的反应，也有一种倔强的神气，好像说对这些批评，她早已全不在乎。只是她和男性侍从一起时，“嘲笑公卿以为笑乐”，则看出她应付官僚人物半个世纪，已把他们的弱点完全看穿。

武曌制造了一个新的官僚集团。她的成功半由于在高宗时做天后所集下的威势，但是也归功于她实际了解到官僚机构的真正性格。皇帝是文官集团的主席，他（或她）以理想上的至美至善造成神话的传说（myth），用为操纵大权的根据。既为神话则没有人能对之十分认真追究。只是百官都以假为真，或在半假半真之间捧承这出发点，即给绝对皇权以公通的支持，则已使之无可疵求，不能侵犯。在这一条件之下，甚至以后为帝以唐为周亦无所不可。她以“河图洛书”的神秘安排，“万岁通天”等响亮的年号，再加以“齿落复生”等不会老的奇迹，去培养前述神话。另外她也坦白承认归根到底传统政治的真面目，则不外实力。她对吉顼说出制马有三物：一铁鞭、二铁锤、三匕首。鞭之不服则锤其首，锤之不服则断其喉。就此她也承认她自己对付不易掌握的臣下也仍不出这套蛮办法。不过那时她已快八十岁。一方面她已感觉地位安全，可以慷慨直言；另一方面也是她经营的新文官集团已经奠定了相当坚固的根基，只要常用铁鞭，间用铁锤，不必再多用匕首了。

张居正的为官之道

——重用戚继光，不用海瑞

熊召政

总结张居正用人的经验，最核心的一点就是重用循吏，慎用清流。循吏，就是脑子一根筋，只想把事情做好，把事功放在第一位，而不会有道德上的约束；清流则不同，总是把道德放在第一，说得多，办成的事儿少。

一

张居正是明代万历年间第一任首辅。嘉靖二十六年考中进士，被选为翰林院庶吉士。这个职务相当于今天中国社会科学院的博士后研究生。翰林院是国家的重要人才库。凡新科进士选拔进来，当了庶吉士，只要不犯过错，日后必为朝廷重用。明代的内阁辅臣，多半都是庶吉士的出身。张居正当庶吉士两年时间，大量研究历朝的典章制度以及治国之道。两年以后他就有了一个实际的官职——翰林院编修。翰林院类同于朝廷的智囊机构，人们习惯称在里头供职的官员为“词臣”，若为皇上讲学，则称为“讲臣”。

张居正在翰林院里，词臣与讲臣都当过。在古代，给皇上与太子讲课的，被称作“帝王师”。张居正当讲臣是在嘉靖皇帝执政期间，被安排到裕王府中讲课。裕王朱载垕是嘉靖皇帝的第二个儿子，太子死后，他就成了皇位继承人。嘉靖皇帝于1566年去世，朱载垕继承了皇位，是为隆庆皇帝。一般来讲，新皇上登基，都会起用旧邸老臣。所以，朱载垕登基不久，就将张居正拔擢为文渊阁大学士，入阁参赞机务。

进入内阁之前，张居正的仕途并不一帆风顺，他从未做过地方官，没有封疆大吏的经历。他年轻时的大部分光阴，都是在北京度过。当时的内阁首辅是奸相严嵩，加之嘉靖皇帝沉迷斋醮道术，张居正无法施展自己的政治抱负。三十多岁时，他因为身体不好，回老家江陵休养了五年。后来又回到京城，当了国子监二把手，他在这个任上又工作了好几年。国子监相当于今天的北京大学，或者说中央党校。在明代也称为太学，是国家最高学府。国子监的一把手叫祭酒，相当于校长。二把手叫司业，相当于教务长。张居正到国子监当司业的时候，国子监的祭酒是高拱。高拱于隆庆二年当上了内阁首辅，比张居正早入阁两年。两人的入阁，都得力于当时内阁次辅徐阶的提携。徐阶是江苏松江人，嘉靖初年的状元出身。

这位徐阶是一个非常老练的政治家，他当次辅时的首辅是严嵩。大家知道，严嵩当了二十多年的首辅，有能力、有才华，但心术不正，且贪鄙成性。与他共事，就是“与狼共舞”，始终都不会有安全感。徐阶居然与之相处平安无事，可见他有高超的政治智慧。既保全自己，又不同流合污。这一点，很少有人做到。

张居正与高拱在国子监的时候，可谓同气相求。好批评时政，常常表露对严嵩的不满。徐阶劝他们隐忍，并刻意保护。徐阶很欣赏张居正的才能，他当了首辅后，就把张居正从国子监提拔到了礼部当了左侍郎。礼部相当于今天外交部和教育部的职能，还兼管民族与宗教，权力很大。明代的中央政府一共有九个一级衙门，我们称为大九卿。哪九个衙门呢？吏部（管干部）、户部（管财政）、礼部、兵部（国防部）、工部（工业和经济管理部门）、刑部（公安部），六部之外还加上一个都察院，相当于现在的中纪委一类的机构；还有一个大理寺，相当于最高人民法院；还有一个通政司，类似于中办或国办，传达号令的地方。这九个部门的一把手，六部都叫尚书，都察院叫左都御史，大理寺叫寺卿，通政司叫通政使。这些衙门里的一把手或者二把手通称为堂上官。六部的二把手叫左侍郎，三把手叫右侍郎。张居正从国子监的教务长升职礼部左侍郎，官职提了四级，从正五品提到了正三品。

张居正当了礼部左侍郎一年后，嘉靖皇帝去世，隆庆皇帝登基。张居正从礼部左侍郎提升为吏部左侍郎。这两个官职，看起来是平等的，但因为吏部类似于今天的中组部，是替皇帝选拔和管理人才的，所以吏部尚书被称为天下文官之首，也被称为“天官”。张居正从礼部左侍郎调任吏部左侍郎，是一种高升。但是张居正并没有实际到任，只是给了他这样一个待遇，以这样的资历升任文渊阁大学士，在隆庆元年，张居正就入阁当了辅臣。

明代的内阁，是朱元璋废除宰相制度后创设的一个机构。创设的初衷，是选几个谙熟朝廷典章制度的文臣给皇帝当顾问。所以，入阁的辅臣都必须有大学士的资格。可见，内阁最初只是一个秘书机构。演变到后来，内阁的职能发生了变化，辅臣又开始承担起宰相的角色。

但选拔辅臣的规矩没有改变，入阁之前，必须先有大学士的资格。内阁中的一把手称为首辅，余下的称为次辅。内阁的辅臣多少，没有定编，最多时有七八个，少时只有一两个。内阁和今天的国务院差不多，首辅相当于总理，辅臣相当于副总理。张居正入阁才 42 岁。在今天看来，这么年轻就当上国务院副总理，根本不可能。所以说，张居正真正的政治生涯，是他进入权力中枢之时，也就是从 42 岁开始。

张居正入阁之初，首辅是徐阶。一年后，接替徐阶担任首辅的是张居正的老搭档高拱。高拱比张居正先入阁两年，高拱本与徐阶关系不错。他之入阁，徐阶起了不少作用。但后来为一些工作上的事情积下嫌怨，矛盾越来越大，最后不共戴天。首先是徐阶把高拱排挤出了内阁，让高拱回到了老家，接着又是高拱翻盘，把徐阶排斥回了老家，他回到内阁当了首辅。

二

在高拱与徐阶的争斗中，第一次检验了张居正在处理人际关系上的平衡能力。这两个人，一个是他的恩师，一个是他的盟友。这样两个人掐起来，张居正既不能帮助高拱整徐阶，也不能帮助徐阶整高拱。他暗自为自己订了一个行事的原则，即两虎相斗时，自己决不参与，但一定要想办法保护弱势的那一方。比如徐阶比较强势，高拱比较受压时，他尽量采取一些办法保护高拱。后来高拱强势，几欲把致仕在家的徐阶置于死地，他这时候便和徐阶关系密切起来。有一次高拱要惩处徐阶的儿子，说他在乡里横行不法，还把他抓进了大牢。张居正依靠他的能力，使徐阶的儿子免受惩处。这件事情让高拱非常不满意，有一次他闯进张居正的值房，把张居正狠狠说了一顿。他问："我听说你收了徐阶三万两银子，然后徇私情，把他儿子的事情大事化小、小事化了，有这个事吗？"历史记载，张居正听了高拱的指责以后，用手指天剖白自己，言辞甚苦。就因为这件事，高拱和张居正两人之间开始产生了隔阂。

高拱入主内阁柄政时，内阁还有李春芳、赵贞吉、殷士瞻、张居正等四位辅臣。在连续三年的时间里，高拱把除了张居正之外的三个辅臣全部排挤出了内阁。在别人被排挤时，张居正一是保护自己，二是采取附和高拱的态度。这一期间他们既有矛盾又有联合。到了隆庆四年，内阁只剩下高拱和张居正，两个人的矛盾也就从那个时候开始表面化了。

民间有一句话“一条绳拴不住两头叫驴”。高拱与张居正两个人，都有经邦济世之才，都想干一番大事，心中也都很有主见。任何一个单位，大至国家，小至处室，如果领导层都是很有主见的人，都想坚持己见，就没有办法以谁为主了，就无法建立起团队精神。隆庆四年的内阁就是这种状况。尽管高拱与张居正在对待西北军事问题上，在对待蒙古的问题上，在对待开放、海禁的问题上，执政的理念与方针基本一致，但在用人问题上，却经常发生龃龉。

高拱在当时是最有权势的人物，他不仅仅是内阁的首辅，同时还兼任了吏部尚书。除了朝廷的行政权，他还把人事权牢牢控制在手里。这就相当于今天的国务院总理，还兼着中组部部长一样，这个权力实在太大了。

我在《张居正》一书中写到两人矛盾的爆发，是因为两广总督的人选问题。因为当时广西的一些瑶民造反，占山为王，两广总督李延率兵去剿匪，剿了很长时间，不但没有取得胜利，反而土匪越剿越多。其军费开支也没有节制，耗费了大量的国库银子。张居正认为此人非换不可，并推荐了殷正茂接任。开始高拱坚决反对，其理由是殷正茂有贪名，在江西巡抚的任上，就有人来信揭发他贪污受贿的行为。当然，这件事是控告有名，查证无实。高拱拈出这档子事来，是个托词，真正的理由是因为殷正茂与张居正同为嘉靖二十六年的进士，属于同年，私交不错。但在隆庆皇帝病重期间，高拱审时度势，态度突然来了一个一百八十度的大转弯，他忽然主动提出让殷正茂接任两广总督。这时候仍有人对高拱说殷正茂有贪名，喜欢钱。高拱说了一句话："我给他二十万银子让他贪，只要他能够把剿匪这件事办好，就让他贪了。"我写这段故事并非全是虚构，对殷正茂态度的转变，明史有明确记载。高拱在用人问题上不拘一格、量才而用，这是他的可贵之处。但在用谁的问题上，他却比较自私，因为受了朋党政治的影响，他习惯用门生故旧、亲戚乡党，就为这件事，两个人的矛盾与分歧越来越大了。

到了隆庆六年，也就是1572年的夏天，隆庆皇帝死后，两人矛盾终于彻底爆发了。隆庆皇帝朱载垕36岁驾崩。留下一个皇后、一个贵妃、两个儿子。大儿子朱翊钧十岁，小儿子潞王四岁。按照规矩，皇后没有生孩子，如果嫔妃生了孩子，名义上的母亲必须是皇后，称为嫡母，而他的母亲就被称为生母。这时候刚刚登基的万历皇帝朱翊钧，其嫡母陈皇后不过32岁，生母李贵妃也才28岁，他自己也只是一个10岁的孩子。主少国疑，国家管理的链条好像突然一下子断了。这时候内阁的权力变得非常大，因为皇帝不能亲政，内阁跟皇帝沟通要靠一个中转部门——司礼监。司礼监和内阁什么关系呢？司礼监是一个太监的机构，紫禁城里有二十四监局，里面有一套完整的小社会。这二十四监局里，比如尚官监，相当于组织部，管人监的提拔和惩处；供用库相当于财务部，替皇上管财产；衣帽监是管皇上的穿戴……总共24个衙门，另外加上一个商业机构宝和店，皇上做生意的地方。还有一个东厂，皇上亲自管理的特务机构。总管这24个监局的，就是司礼监。司礼监有一个掌印太监，下面还有三个到四个秉笔太监，为皇上批复文件。司礼监的掌印太监一般叫作“公公”，或者“爷”。

内阁和皇上打交道，大臣要见皇帝，呈文件要通过司礼监。因此政令是否畅通，首先决定内阁和司礼监的关系。隆庆皇帝上任之初，免除了司礼监掌印陈洪的职务。按照资格，接任掌印太监的应该是冯保。冯保资历非常老，已当了很多年的司礼监秉笔太监，兼东厂提督，其地位在太监中摆在第二。论他的资历，顺理成章应该由他接任司礼监掌印。但高拱觉得他控制不了这个人，因此就向隆庆皇帝力荐孟冲接任。孟冲出身御膳房，给皇上做饭的，隆庆皇帝有一个特点，非常喜欢吃驴肠，御膳房每天杀一头驴，为的是让隆庆皇帝吃上新鲜的驴肠。而最会做驴肠的就是孟冲，因此隆庆皇帝对孟冲也很赏识，便同意了高拱的推荐。

高拱突然把孟冲推到司礼监掌印的高位，让所有人都大跌眼镜。孟冲知恩图报，在司礼监任上四年，对高拱俯首帖耳、言听计从。因此高拱跟皇上的联络十分畅通。隆庆皇帝一死，形势立刻发生了变化，因为万历皇帝是个10岁的孩子，凡事都依赖他的大伴冯保。冯保一直是万历的男保姆。晚上还带着万历睡觉。万历小时候闹百日咳，整晚不睡觉，只有一个方法可以让他安静，就是骑在冯保的背上，把冯保当马骑。冯保就趴在砖地上绕圈，一停下来万历就哭。所以只有一夜夜地在地上转磨儿，膝盖都磨出了血。万历对冯保产生了依赖之情，万历从来不喊冯保的名字，就喊他“大伴儿”。李贵妃也很喜欢冯保。在万历当上皇帝的当天，5月25日当天下午3点，就让太监送一道中旨到了内阁，免去孟冲的司礼监掌印职务，改为冯保接任。

一听这道圣旨，高拱没有思想准备，因此很生气。生气的原因是：第一，这种重大的人事任免不但没有经过他同意，连事先通气都没有做到；第二，圣旨颁行，在明代有一整套规矩。当一个大臣向皇帝汇报问题时，要写成奏章，通过通政司送到司礼监，司礼监念给皇帝听了以后，皇帝不提任何意见，便把奏章发还给内阁。由内阁辅臣根据朝廷的制度以及具体情况拟出一个回答的方案，叫作“拟旨”。代皇上拟好圣旨以后又送还司礼监。如果皇帝同意辅臣的意见，就由秉笔太监用朱砂笔工整地抄写下来，再发布。如果皇上不同意，就发还内阁重拟。所有的圣旨都要经过票拟，拟完以后经过皇上同意再发下来的叫作圣旨。如果没有经过内阁辅臣票拟而由皇上直接发下来的指令，称为中旨。10 岁小皇帝的第一道圣旨就是中旨，这让高拱感觉到内阁的相权受到了严重的伤害，何况中旨的内容也使他极为不满。当时高拱就把中旨摔到地上，传旨太监吓坏了，说这可是皇上的谕旨。高拱说：“什么皇上的谕旨，都是你们这帮太监搞出来的！迟早要把你们都赶走！皇上一个 10 岁的孩子，他懂得什么？”太监回去把话告诉了冯保，冯保立即进乾清宫向李贵妃母子告状。但他改变了一点内容，禀报说：“高胡子说，10 岁的孩子能当什么皇帝？”据说，李贵妃和朱翊钧母子二人听了这句话非常震惊，也很害怕，两人抱着哭了一场。所以万历皇帝一直到老，终身都不肯原谅高拱，非常记恨他。就因为这件事，在冯保的撺掇之下，李贵妃和小皇帝做出了决定，撤掉高拱内阁首辅的职务，让张居正接任。

决定历史成败的往往就是一个细节。因为高拱接中旨的态度，也因为高拱和冯保的长期结怨而导致了高拱的下台。让高拱下台的旨意由皇后、皇贵妃、皇帝三人共同颁布。抬头是皇后懿旨、皇贵妃令旨、皇上圣旨。这道旨非常严厉，要高拱接旨后立刻启程回老家闲住，一刻也不准在北京停留。所以当圣旨传达后，立刻就有一帮锦衣卫，类似于今天的武警，把高拱押送出北京。仓促中老两口只得雇一辆牛车，恓恓惶惶地走出了宣武门。就这样，高拱永远离开了北京，也离开了权力中枢。张居正治国的十年生涯也就从这个时候开始了。

三

张居正取首辅职位的过程遭到不少人的非议。高拱写了一部回忆录《病榻遗言》，对张居正的攻击非常厉害。说他与冯保结盟，窃取权柄。如果认真探究，就会发现高拱的话站不住脚。

在《病榻遗言》里，高拱记述了这样一个细节，隆庆皇帝病重时，有一天他从文华殿旁边的恭默室走出来，看到张居正的书办（也就是今天的秘书）姚旷拿着一沓厚厚的信札往前走。看到高拱后，姚旷赶紧折道，想绕开他。高拱一看不对，叫他过来，要看他手上的东西。姚旷不敢不给。高拱一看，原来是张居正写给冯保的信札。其因是冯保就几件事情的处理向张居正讨教，张居正给了他回答。这件事放在平常也不是什么大不了的事情。但在皇上病重、局势微妙期间，张居正这么做，便被高拱视为是一种背叛。因为此前，高、冯两人的矛盾已经公开化。高拱虽然有谋略，但无城府。放走姚旷，他就回到办公室找来张居正，怒气冲冲斥道："你背着我跟冯保结盟，还给他支招，你什么意思？"张居正解释说："冯保弄不懂的事，我给他提点建议，仅此而已。"高拱认为这种解释是此地无银三百两，便将这件事讲给自己的门生听，大家都替老座主抱屈。

这件事过后不久，冯保接替孟冲当了司礼监掌印。高拱决意要和冯保拼个鱼死网破。于是下令让自己的门生连上三道奏疏，弹劾冯保。如果一定要万历皇帝与他的两位母亲，在高拱与冯保之间取舍，他们当然会驱逐高拱而保护冯保。即便没有张居正，高拱的去位也无法逆转。但高拱不这么看，他认为是张居正谋夺他的首辅之位而与冯保建立起政治联盟，因此到死也不肯原谅张居正。

高拱去职后不久，发生了一件事情。有一个人穿着一身太监服，大清早在乾清宫门前探头探脑地张望。小皇帝朱翊钧发现了，觉得形迹可疑。便让太监赶上前把这个人抓住了。一审问，发现他不是太监，而是一个部队的逃兵，叫王大臣，在京城里鬼混。他认识宫里的太监，就借了这位太监的衣服和腰牌，跑到宫里来看新奇。冯保听说这件事之后如获至宝，把王大臣关进了东厂，还在他身上放了一把刀，说刀是在他身上搜出来的。王大臣说这不是要我的命吗？冯保说，只要你按照我说的去做，保你没事儿。你就说是高胡子指使你进来向小皇上行刺的。谋杀皇帝可是要诛灭九族的事儿，王大臣不敢这么招认。但架不住冯保一再威胁、引诱，他只好应。三堂会审，王大臣便按冯保的要求招供，诬陷高拱。这么重大的事件，皇上、两宫太后亲自过问。三堂就是东厂、大理寺、刑部这三个执法机构，一起来审案子。在审的过程中，王大臣一口咬定高拱派他来行刺皇上。

王大臣的口供传出来，整个京城舆论一片哗然。大家都知道，若按王大臣的口供追查，高拱不会有命了，他的家族也会受株连。冯保向皇上奏明，要锦衣卫即速前往河南将高拱抓起来，押到京城严审。这时候在京的很多大臣都替高拱担心，纷纷来找张居正。有一天，左都御史葛守礼和吏部尚书杨博代表百官来到张居正家中。葛守礼说："张阁老，高拱现在命在旦夕，只有你能救他。"张居正回答说："我哪救得了他？冯保和皇上对高拱如此仇恨，我也没什么办法。"大臣们很失望，觉得张居正也成了冯保落井下石的帮凶。张居正口头上这么说，其实已经在想办法了。

当冯保准备派人去抓高拱时，张居正对他说："我们证据还不确凿，单凭王大臣一个人的口供不能做出决定。"张居正在拖延冯保的同时，又向这个案子的主审官面授机宜，要他如此这般行事。第二次三堂会审，主审官把高拱的家人和一班闲杂人混在一起，让王大臣辨认，结果王大臣一个都不认识。经这么一测试，就证明王大臣的口供都是假的。

这一来，几乎所有的官员都明白冯保蓄意陷害高拱，一致要求将王大臣严审，要他交出幕后指使人。张居正说："不要审了，打回大牢。"为什么不要审了？张居正心里明白，再审下去，王大臣就会把冯保兜出来。虽然冯保会因此陷入被动，但还不会因为这件事而垮台。因为两宫皇太后与皇上也都记恨高拱，所以他们仍然会袒护冯保。经过一番斟酌，张居正让办案的人给王大臣喝了一杯生漆酒。喝下去之后，王大臣就成了哑巴。第二天再审，王大臣既没有办法说是冯保指使，也没有办法说是高拱指使。就这样，一场非常大的危机被张居正的智慧化解了。这样，既保全了高拱能平安度过晚年，又顾及了冯保的面子，不至于让他与内阁重新结仇。应该说，这件事处理得非常漂亮。从这件事可以看出，张居正满腹韬略，且性格沉稳，不管面对多么复杂的局面，都能从容应对。

四

在处理人事问题上，张居正从不意气用事。这是典型的宰相品质。所谓“宰相肚里能撑船”，就是要像弥勒佛那样“大肚能容，容天下难容之事”。容天下难容之事，并不是放弃原则，当和事佬。而是指做事的气量和度量，对人宽、对己严，就可成就大事。张居正当上首辅之后曾经在家里开了一个会，把管家和仆人都找来，跟他们打招呼、约法三章："我当了首辅，你们不要仗我的势胡作非为，更不许你们同官府的人打交道。"张居正不是说说而已，而是惩罚严厉。他的管家游七因为娶了一位官员的妹妹做姨太太，被张居正知道以后打断了腿。他从不在家里见官员。他说："我有值房，有公事儿到我的办公室谈，在官场我没有私事儿。"可见他是非常谨慎的，因为他知道官场险恶，是非很多。更因为他要推行万历新政，所以一开始就回避朋党政治，廉洁奉公。

张居正主要的功绩在我的小说里写到了，史学上也有定评，就是从万历元年他接任首辅之后推行的万历新政。他整饬吏治，对干部的管理实行考成法；梳理财政，进行驿递制度改革，皇上与国家财政的分灶吃饭；以及他的一条鞭法，减轻农民负担，增加财政收入的一系列改革，都是非常成功的。我认为万历新政这些成就的取得，主要是有一个拥护改革、实意办事的领导层。

大家知道，无论是做好一个公司、做好一个项目，还是管理好国家，都必须有一个优秀的、一级棒的精英团队。用团队的力量、团队的智慧、团队的精神，实现既定的目标。但在组建团队，也就是选拔人才时，往往会遇到一个绕不过的问题，即我们这个团队用人是以道德标准为主，还是以才能为主？细观张居正的用人，他有的地方重才能，有的地方重道德。明代第三位皇帝、永乐皇帝朱棣、朱元璋的第四个儿子，在明代十六位皇帝中，他是仅次于朱元璋的最有作为的皇帝。他当皇帝二十年，摸索出用人的经验。有一次他和内阁辅臣聊天谈到用人，对现任的六部大臣逐一评价，说了一句话："×× 是君子中的君子，×× 是小人中的小人。"这两个人当时一个是吏部尚书、一个是户部尚书。大家听了一定很纳闷："既然是小人中的小人，为什么还要用他？"朱棣是因人而用，因事而用。吏部尚书是君子中的君子，这种人不会结党营私，不会把自己的门生、亲戚、朋友全部安排到重要岗位上，而是以国家利益为重，为国家、朝廷选拔人才，所以这个人必须是君子。可是户部是管钱的官，是财神爷。朱棣说他是小人中的小人，因为这种人为了把财税收起来，会采取非常不道德的手段。永乐皇帝的军费开支非常大，正常的财政收入根本应付不了。所以除了常规的赋税，每年还必须有大量的额外收入来支撑军费。所以，朱棣必须找一个会给他搞钱的人。通过这个解释，大家就知道朱棣用人不死啃教条，什么位子上用道德高尚的人，什么位子上安排不以操守为重的人，他心里有一本账。由此可见，他不但欣赏君子，而且欣赏小人。君子与小人的用人理论成了永乐皇帝的一句名言。

张居正用人时，虽然不能像永乐这样放得开，但也打破了君子与小人的界限。总结他用人的经验，最核心的一点就是重用循吏，慎用清流。循吏，就是脑子一根筋，只想把事情做好，把事功放在第一位，而不会有道德上的约束；清流则不同，总是把道德放在第一，说得多，办成的事儿少。对这两种人取舍，张居正明显偏向于循吏。

有这么一个例子，就是在海瑞的运用上。中国的老百姓，几乎没有人不知道海瑞抬着棺材给嘉靖皇帝上书的事。即便在当世，海瑞就已经成了一个清官形象的代言人。据说嘉靖皇帝看了他的万言书，非常震怒，吼道："把这个人赶紧抓来，不要让他跑了。"太监回答说："皇上，海瑞根本不会跑，他把棺材都备好了，他的家里人倒是跑光了。”嘉靖皇帝听说以后，又把海瑞的奏章拿来看了一遍，叹道：“哎呀！他真是个比干啊！但我不是昏君。”他没有处死海瑞，但也不放他，就关在大牢里不闻不问。嘉靖皇帝死了以后，是徐阶把他从监狱里放了出来。

鉴于海瑞的名声，徐阶决定予以重用。让海瑞到了江南，当了应天府的巡抚，管南京周围几个最富的州府。海瑞在那儿搞了两年，结果当地的赋税减了三分之二。大户人家都跑了，没有了税源。他自己倒是非常清廉，八抬大轿也不坐，骑驴子上班。这样他班子里的其他领导很不满意，因为他是一把手，既然他骑驴子，那二把手能敢坐轿吗？因此都想办法调走。富人都很怕他，穷人和富人一起打官司，不管有没有理，肯定是富人输。海瑞是一个非常理想化的人物，但他对行政管理的确缺乏经验。工作搞不上去，海瑞气得骂“满天下都是妇人”，愤而辞职。当时的首辅高拱也不留他，海瑞便回到海南的琼山老家赋闲。

张居正当了首辅之后，让每一个三品以上的大臣都向朝廷推荐人才，其中有不少人写信推荐海瑞。当时的吏部尚书杨博就这个问题还专门找了张居正，希望他起用海瑞。但张居正就是不用他。为什么呢？他觉得海瑞是一个很好的人，做人没有话说，道德、自律都很好。但好人不一定是好官。好官的标准是上让朝廷放心，下让苍生有福。好人是道德的楷模，做人没有任何可挑剔的。在官场里要想做好人，应该比较容易，守住“慎独”二字就可以了。做好官却很难，要让朝廷和老百姓两头都放心，这是多么难呀。海瑞做官有原则，但没器量；有操守，但缺乏灵活，因此有政德而无政绩。这一点，张居正看得很清楚。张居正不用他，还有一层原因：海瑞清名很高，如果起用，就得给他很高的职位，比他过去的职位还高，这才叫重用；如果比过去的职位低，那就证明张居正不尊重人才。话又说回来，如果你给他更高的职位，他依然坚持他的那一套搞法，岂不又要贻误一方？张居正想来想去，最后决定不用海瑞。而且在张居正执政的十年里，从来没有起用海瑞。海瑞第三次复出，是在张居正死后的一年，被安排在应天府当一名纪检干部，结果仍是与同僚关系紧张，没有做出什么政绩来。

五

张居正是一个比较实际的人。在用人问题上，他也是坚持“不管白猫黑猫，逮住老鼠就是好猫”的原则。万历前十年的朝廷大臣，几乎全部是张居正亲自选拔的。大部分是青史留名的人才。张居正说过一句话：“天生一世之才，必足一世之用”，可见他对当世人才充满信心。

官位乃朝廷公器，朋党政治的特点，就是将公器滥赏私人。张居正也任用私人。譬如说他用他的亲家王之诰担任刑部尚书。但这一任用并没有招致非议。因为王之诰政声卓卓，是个很有建树的官员。如果张居正用了某个同年、同乡或者朋友，那这个人一定是人才，而不是庸才。讲感情不讲能力的事，张居正绝不去做。他当上首辅之后，他的同年、同乡都欣喜若狂，认为这一下有了靠山，升官发财的机会到了，于是纷纷前来攀缘。

张居正有一同年叫汪道昆，安徽人，和另一位同年王世贞一起成为当时诗坛两大领袖。汪道昆在湖北当了几年巡抚，张居正当了首辅后，他给张居正写信，希望能到京城工作。张居正觉得这个同学有能力，资格也比较老，就同意了，把他调到北京当兵部左侍郎，也就是国防部副部长。明代的官吏体制，省里的巡抚与朝廷六部差两个级别，朝廷的六部尚书是二品；左侍郎、右侍郎可能是从二品，也可能是正三品，而巡抚只有三品，低两个档次。汪道昆从巡抚到了兵部左侍郎的位置，从正三品提到从二品，提拔了。汪道昆履任之后，张居正给他一个任务，巡视整个西北的军事设施，北京、蓟辽、陕西、山西这一带。当时的蓟辽总兵是大名鼎鼎的戚继光。戚继光是明代了不起的军事家，他一辈子都得到了张居正的青睐和照顾。隆庆四年，张居正在内阁分管兵部。其时蒙古俺答屡屡犯边，越过长城骚扰，导致京师不宁。张居正力荐将戚继光从东南抗倭前线调任蓟辽总兵，也就是今天的北京军区司令。自从戚继光担任这个拱卫京师的重任后，再没有发生长城的战事。汪道昆的巡边之旅，第一站就是蓟辽。可是，他每到一个地方，首先不是听汇报，探讨军事问题，而是和当地的文人在一起吟诗作赋。张居正听到这个消息后有点不满。汪道昆回到北京，给皇上写了一份奏章，汇报他视察边境军事的情况，字斟句酌，是一篇非常优美的散文。张居正看了奏章以后，批了八个字："芝兰当道，不得不除。"兰花芝草，都是最好的花草，但它长得不是地方，长在高速路上，路是走车的，不是花园。既然长错了地方，就得铲掉。你汪道昆是优秀的诗人，就到诗歌协会去，国防部是搞军事的地方，不是你吟诗的地方。这样就把汪道昆免了官。兔死狐悲，另一位诗坛领袖，王世贞为汪道昆鸣不平，加之他自己也想从老同学张居正那里捞点好处而未获，于是加入反对张居正的行列。张居正死后，他还写了一本《万历首辅传》的书，对张居正大肆攻讦。但不管怎么样，张居正一概不搭理，他就是这样一个人，不讲私情，是铁面宰相。

但铁面宰相也有富于人情的一面。比如对待戚继光。

戚继光从浙江调到蓟辽总兵的位子上。没多久就跑到内阁找张居正发牢骚，说蓟辽的兵没法带。其因是明代的兵役制。所有的兵都是世袭的，老子退下来儿子顶替，这叫卫所兵制。因为是世袭，铁饭碗，干好干坏一个样，所以卫所兵大都吊儿郎当。平时也不训练，打仗时就溃不成军。张居正深知卫所兵制的弊端，于是鼓励戚继光训练一支新军。所以说张居正的改革是从隆庆四年的兵部开始，从戚继光开始。当时他支持戚继光，从极为艰难的朝廷财政中挤出军费来，让戚继光从浙江招募五千人，训练新军。相对于卫所土著兵，这支部队叫客兵，也叫“浙兵”。就这样，戚继光在张居正的支持下，组建并训练出一支快速反应部队，能够胜任拱卫京师的任务，并给疲疲沓沓的卫所兵起到示范作用。

这里面还有一个问题，就是军政首脑的关系处理，当时的总兵是部队一把手，他上面还有一个总督。总督既是地方行政长官，又领导总兵。过去只要总督和总兵产生矛盾，朝廷一定是撤换总兵，而不会换总督。张居正不一样，当戚继光这个总兵和总督产生矛盾以后，撤换的都是总督。而且每一个总督上任，张居正都会找他谈话，要他支持戚继光的工作。戚继光当了十三年的蓟辽总兵，蓟辽没有发生一次战争，蒙古也没有一次进犯，这既是戚继光的功劳，也是张居正知人善任的功劳。

张居正不提倡频繁地换干部，各地的封疆大吏、总兵，他提倡久任制。当然，久任并不等于不升官。你在一个地方干久了，有了政绩了，就给你升官。比如说，你还是一个四品的总兵，但给你挂一个兵部左侍郎的衔，不是变成二品的官员了吗？像辽宁总兵李成梁，因为屡立战功，张居正就力主给他封侯，这都是张居正用人的智慧。张居正与戚继光的关系，是万历时期官场的一个健康标本。两人心心相印，但没有一点私情。戚继光有一个爱好，喜欢吃猪头肉，每次过春节的时候，张居正就在北京把猪头肉做好，派人送到蓟辽总兵行辕。戚继光收到猪头肉，就拿去和将士们一起分享。

不管别人怎么攻击戚继光，张居正始终对他信任有加，长久对他委以重任；但是，不管别人怎么向张居正推荐海瑞，他坚决不用。戚继光与海瑞，都是晚明时期的名倾朝野的重要人物。张居正对他们的态度，可是绝然不同。这就是重用循吏、慎用清流的具体表现。

六

古人给宰相的作用定了八个字，叫“坐而论道，协理阴阳”。坐下来讲道理，按今天的话说，就是制定方针政策；协理阴阳就是从宏观上平衡各方面的关系。宰相如果过分地关注具体的事务，其总揽全局的能力就会削弱。说得直白一点，宰相就是要善于用人，而不是善于做事。让能人去做事，自己管理能人，这才是良性的互动。前面说到张居正的用人，主要是他怎样培植改革的精英团队，组成一个强有力的领导班子。但是，要想改革成功，仅仅有一个精英团队还不够。毕竟，张居正不是皇帝，他可以掌控自己组建的精英团队，但他同时必须更为慎重地处理与皇室的关系。明史学界有一种说法，万历新政的成功取决于三个人：一个是张居正，一个是皇帝生母李太后，还有一个是大太监冯保。将这三个人称为权力铁三角。

这三个人，李太后代表的是皇权。因为当时皇帝小，入主乾清宫时，李太后作为他的监护人同时住了进去，在那期间几乎皇上所有的旨意都要经过她点头。张居正代表的是相位，是朝廷文官系统的一把手。用公司的架构来比喻，李太后行使的是董事长的权力，张居正行使的就是总经理的权力。这两个人之间的桥梁就是司礼监掌印冯保。

和这样两个人搞好关系，形成共识，对张居正来说是一件非常困难的事情。先说冯保，他有“笑面虎”之称。表面上笑呵呵的，内心里却常藏杀气。他有仇必报，又很贪财。但冯保也有一个优点，对内廷的掌故非常熟悉，对整个公文的制度也了如指掌，而且还能够约束部下，顾全大局。在他执掌东厂期间，除了想借王大臣案对高拱下毒手，几乎没有滥用职权、制造大冤案。

冯保的性格很复杂，如果张居正书生气十足，像海瑞那样疾恶如仇，则根本无法与冯保相处。一旦得罪了冯保，就会失掉和太后、皇帝联系的纽带。张居正知道这一层利害，因此对冯保多有迁就，甚至对他收受贿赂也是睁一只眼、闭一只眼。这一点，曾引起很多人对他的诟病。但他不这样不行啊，单纯做好人，他可以不搭理冯保，与之划清界限。但要做一个好官，为朝廷和老百姓办点实事，他就不能这样了。他必须委曲求全。张居正明白，和冯保这样的人打交道，不但要有理有节，还应该有通有变。用今天的话说，就是“同流不合污”。

我在小说中写到一个故事，一个官员向冯保行贿，想谋得两淮盐运使这一肥缺。冯保便向张居正推荐这个人，张居正明知道那个人是贪官，也知道冯保收了他的贿赂，他仍一口答应。这令他的精英团队大不理解。有人质问他：“你不是要反腐败吗？为什么还要重用一个腐败分子？”张居正说了一句话：“如果我用了一个贪官，换回来的代价是能惩治更多的贪官，这个人你用不用？必要时，宫府之间就得做点交易。”宫就是宫廷，大内；府就是内阁，内阁在明代称为政府。有人看我的书，指出“政府”这个词不该用，怎么用了这么现代的词？我说“政府”这个词恰恰不是现代的，是我们借用明代的。在整个明代，宫府之间矛盾都比较突出，导致国家和老百姓都吃了很多苦头，甚至产生动荡。所谓高层的政治，既有皇权与相权之争，也有外相与内相之争。

张居正笼络冯保，并不是一味迁就，有时也采取牵制与约束的态度。大内的财政从来就是一本糊涂账。二十四监局个个都有敲诈勒索的渠道以及鲸吞公物的方便。太监作奸自盗，即使被人告发，外廷的司法机构也无权干涉。须得太监的自身机构内官监或东厂处置。但这些机构常常缺乏秉公执法之人。因此，太监们的特权往往大于外廷的官员。京城各大寺庙道观的大施主，一般都是宫里头的朱衣太监。所谓朱衣，就是监局一级掌印太监穿衣的品级。当时京城里的某人，如果炫耀说“我在宫里头有人”，即表明他是一个有能耐的人而令人羡慕。

张居正上任后，很想治一治大内的种种不法行为，特别是财政的漏洞。但他知道这件事弄得不好，便会搬起石头砸自己的脚。而且，没有冯保的配合，他就是想整治也整治不了。张居正于是不止一次在太后与皇上的面前给冯保戴高帽，说他如何廉洁奉公，然后又让礼科给事中就内廷财政问题给皇上写了一封奏章，提出了管理的漏洞，要清查一下整个内廷的各种物品的库存，一一重新登记。凡被太监“借”走的，一律限期归还。皇上将此奏章送回内阁让张居正拟票。张居正拟票之前，找来冯保商议，冯保尽管不乐意外官插手内廷的事务，但觉得张居正的态度友好，遂同意清理内廷财务。皇上批旨之后，内廷财务动了一次大手术。仅清回来的瓷器就有一万多件。经过这一次清理，内廷的开支节省了不少。原来，内廷财政与国家财政虽然名义上是分开的，但皇上经常下旨到户部调钱。张居正上任后，坚持分灶吃饭。内廷的开支，包括皇上为嫔妃打制头面首饰、赏赐宫女等，一律由内廷供用库开支。国库的太仓银，只能用于官吏的俸禄、水利的建设、军费的开支等等。

供用库银子来源于哪儿？一是皇上庄田的收入，二是全国矿山开矿的收入。如果今天我们把所有的矿山收入划归皇室，那这个收入就大了。但在明代，开矿都是小打小闹，因此收入还不太多。国库太仓银的收入主要来自于民间各种赋税。在冯保的配合下，张居正完成了皇室与外廷财政上的分灶吃饭。这是一个了不起的进步，等于实际上限制了皇室的权力，改家天下为国天下。这么大的改革措施得以落实，相比之下，满足一下冯保的些小私欲，又算得了什么？

张居正的另一个难点就是和李太后关系的处理。李太后其实是一个无意从事政治的政治家，只不过是历史给她提供了某种机缘，她顺应历史做出了正确的选择。从大量的史料来看，她对张居正的支持是无私的。张居正根据她的特点，也做出了一些明智的决策。比如，在太后封号问题上，张居正搞了一点革新。大凡新皇上登基，死去老皇上的皇后、贵妃要重新封赠。为什么？因为新皇帝的正宫夫人必须承继皇后的称号，老皇上的皇后高一辈儿，就得叫皇太后。这个封赠有规矩，凡是老皇帝的皇后，一律封皇太后。如老皇上的嫔妃里有人生的儿子继承了皇位，也可以封皇太后，但和老皇后之间要有区别，即老皇后在“皇太后”之前再加两个字的封号，而皇帝的生母，晋封的皇太后就什么都不能加。比如这个人是个“政治家”，另一个人是一个“伟大的政治家”。虽然都是政治家，但有伟大不伟大之分。冯保为此事和张居正商量，皇上主要的监护人是他的生母李贵妃，最好不要让她和陈太后有任何差别。这件事情下到礼部讨论的时候，礼部的官员不干，说祖上的封赠制度没有这个先例。在张居正看来，这是一个很小的事情，没有任何实际意义，给你加“伟大”两个字不会多给你一万块钱，就是多一份名誉而已。张居正指示礼部尚书吕调阳，一定要办妥这件事，在他的直接干预下，陈皇后变成“仁圣皇太后”；李太后变成了“慈圣皇太后”。封赠颁布之日，李太后一看自己的身份和陈皇后齐平了，非常高兴，觉得张居正会办事儿，因此她对张居正的信任增强了。这是张居正给她办的第一件事情，她很满意。

第二件事情，李太后非常信佛，印经书、佛像装修啊，施舍银两建庙啊，经常有这样的开支。她的施舍太多，私房钱不够用。冯保便撺掇张居正从太仓里拿银子给她做善事。张居正觉得不妥。他便出了一个主意，将宝和店划归到李太后名下。这个宝和店属皇产，是皇室采购中心。除了北京总店，在全国若干城市还设有分店，是一个规模不小的商业集团。将宝和店划归李太后，这对政府没有任何损失，只是把皇帝衣兜里的钱变成了太后衣兜里的钱。这样，既一劳永逸地解决了李太后敬佛的开支，又没有违反张居正自己制定的财政改革的原则。这是真正的双赢。李太后就觉得张居正心里有她，对他更加信任。

第三件事情，李太后在五台山建了一座寺庙，落成典礼时的赞颂文章是张居正写的。去年我到五台山还看到了这个断碑，字迹已经模糊了。首辅写文章歌颂李太后的功德，她觉得脸上很光彩。像这样不伤筋动骨、不破坏国家财政、不给国家制度和朝廷带来任何影响的善事，张居正都做得非常快，而且非常到位。冯保在沧州选了一块吉地，准备作为自己百年后的寿藏之处。破土动工之日，张居正还率领百官向冯保祝贺，也给他写文章。今天很多人就会产生疑问，张居正这么大的官，还用得着去拍李太后与冯保的马屁？这马屁不拍还真不行，因为这两个人，一个代表皇帝，一个代表内廷，都是得罪不起的人物。张居正牺牲自己道德上的清高而选择与他们合作，甚至不停地赞扬他们，为他们解决一些实际的问题而赢得他们对万历新政的强力支持。后世对张居正最大的争议，莫过于张居正与李太后、冯保之间的关系。但根据当时的情况，张居正要想做事，完成他富国强兵的理想，他除了与李太后、冯保合作，根本没有别的选择。

七

如果用事功的观念而不是用道德的观念来衡量，则这三个人的合作是非常成功的，他们精诚合作，开创了万历初年的中兴之象。三人的公情与私谊，都相当深厚。张居正去世之后，冯保对他很怀念，而且还设法保护张居正留下的改革人才。因为张居正的死，也因为万历皇帝对张居正残酷的清算，李太后万念俱灰，从此退出了政坛。由此可见，李太后并不是一个真正的政治家。她涉足政治只是出于母爱。她觉得张居正是在真心辅佐她的儿子，所以她对张居正十分倚赖。

由于李太后的信任，张居正担当的角色，有时的确有一点尴尬。在朝廷里他是首辅，在皇帝面前，他是老师。作为首辅，他必须听命于皇上；作为老师，他又得严格管教学生。这两种角色常常产生冲突。李太后是一个严厉的慈母，因此她希望张居正是一个严格的老师。小皇帝一直很怕张居正。他从来不喊张居正的名字，而是恭恭敬敬地称“元辅张先生”。万历六年，16 岁的朱翊钧成婚之后，李太后再也不能住在乾清宫里监护他了，就回到了自己的慈宁宫。回去之前她把张居正找来谈了一次话，她说她现在再也没有办法监护皇上了，要张居正承担师相的责任，对皇上多多管教。但此时的朱翊钧已不是当年的孩子了，他开始有自己的主见并在贴身太监的引诱下，滋长了游玩之心。有一次他溜到西城去玩，带着孙海和客用两个贴身太监。喝得半醉时，朱翊钧吩咐找两个宫女唱唱曲，于是太监找来了两个宫女。朱翊钧要两个宫女唱坊间的流行小曲。两个宫女说不会唱。

朱翊钧很生气，抖威风说："我叫你唱歌你还不会唱？推出去斩了！"天子无戏言，出口的话都是圣旨啊。孙海一听，这可闹大了，本是偷着出来玩的，闹出人命来可就麻烦了，就赶紧提建议，不要斩了，把两个宫女的头发削掉，代替斩首。

这件事被李太后知道了，很生气。第二天把两个宫女找来，问明情况以后，就跑到了奉先殿，在丈夫隆庆皇帝灵前哭起来了。说儿子现在就这样浪荡，哪当得了皇帝，妾身准备把他废掉，让他的弟弟潞王接替皇位。万历皇帝一听说吓坏了，赶紧跑到太后面前哭，跪在地上不起来，希望得到原谅。李太后说，这件事要看张居正怎么说。在太后的授意下，张居正替皇上写了一份检讨书，叫罪己诏，颁布出来，承认这件事做得荒唐，今后再也不发生了，这件事才算过关。李太后对儿子严格管教，张居正积极配合。朱翊钧因此渐渐地对张居正产生不满。朱翊钧 19 岁时，成熟了，想自己管理国家。张居正也看出万历皇帝大了，多次上疏，希望"还政"，把国家的控制权还给皇上。朱翊钧有一次很委婉地在李太后面前提这个事儿，李太后却回答说："你 30 岁之前不要提亲政的事，一切听张先生的教诲。”太后对张居正如此信赖，使万历皇帝对张居正由不满变成仇恨。所以张居正一死，万历皇帝迅速对他进行清算。

张居正推行万历新政的成功，得益于他高超的政治智慧与独到的用人之道，这两者结合起来，就是他的行政能力。虽然，他最终以个人的悲剧结束，但他的为官之道，仍值得今天的人思考与借鉴。

扬无咎·钱选·赵孟頫

王冕·张逊·徐渭·赵之谦

扬无咎

四梅图卷

钱选

八花图卷（局部）

赵孟頫

兰竹石图卷

王冕

墨梅图卷

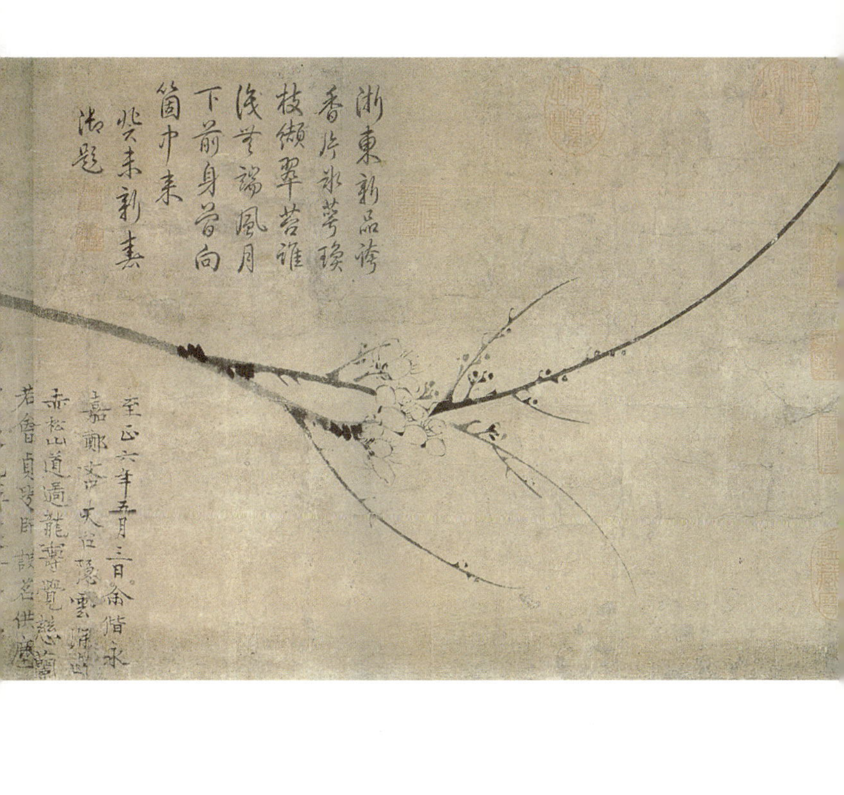

张逊

双钩竹及松石图卷

徐渭

花卉十六种图册

庭前自種忘憂草真覺憂來笑輒緣
今日貌懷觀畫相煩懷陪我一嫣然

赵之谦

花卉画册之一

赵之谦

花卉画册之二

赵孟頫

幽篁戴胜图页

艰难行走的民族英雄郑成功

曾纪鑫

郑成功闻讯赶回故乡，抱着母亲尸体，剖开她的肚子，掏出肠胃，用清水洗涤干净，重新放入腹中，再行归葬。“质本洁来还洁去”，母亲受辱而死，郑成功悲恸至极，采用“倭法”还其洁净，用一种在国人看来十分极端的方式表达对母亲的挚爱，对清军的愤恨。

一

郑成功以其三十九岁的短暂生命抗击清军、转战东南，开发厦门、通洋裕国，驱逐荷夷、收复台湾，真可谓英气勃发、壮怀激烈、风云叱咤，那力挽狂澜、抗御外敌、开辟荆榛的丰功伟绩着实令人回肠荡气不已。

然而，当我将所能找到的有关郑成功的人物传记、历史小说、研究资料等认真地研读一番后，不由得感慨万千、唏嘘不已，觉得郑成功的一生，远非我们想象的那样纵横捭阖、游刃有余、挥洒自如，而是充满了太多的激昂与悲愤、坎坷与艰辛、痛苦与失落。于是，我不得不落笔沉重地写下本文这样一个标题。

首先是郑成功的身世，可能就会让那些只闻其名不知其详的普通读者略感意外——郑成功祖籍福建南安石井，出生于日本肥前平户岛，母亲田川氏是一名日本女子。不过田川氏也不是纯粹的日本人，父亲田川七左卫门，原名翁翌皇，福建泉州人，长期在日本经商，靠锻铸刀剑起家。翁翌皇娶了一名地道的日本女子为妻，后成为肥前平户岛主，也就改用日本姓了。尽管如此，郑成功有着四分之一的日本血统，则是不争的事实。

传说郑成功降生时，母亲田川氏正在平户千里滨游玩，腆着怀有身孕的肚子在海滩上寻找、拣拾那一颗颗美丽的贝壳。突然间肚痛难忍，来不及跑回家中，举目四望，但见错杂成堆的乱石中，卧着一块比较平坦的大石，匆忙中靠在这块大石上生下了郑成功。于是，当地日本人便把这块石头称为“儿诞石”，还在附近立了一块碑，上书“郑延平王庆诞芳踪”几个大字。如今，“儿诞石”仅存一小堆积石，因与郑成功的人生之初联系在了一起，也就变得身价百倍，成了一处闻名遐迩的名胜古迹。平户市市长在一次访问中国时，曾将“儿诞石”作为中日文化交流信物，分别赠送给厦门市郑成功纪念馆及南安市郑成功纪念馆，作为两馆珍藏文物。

郑成功在日本平户川内浦市街度过了他的童年，直到七岁那年，才由父亲郑芝龙接回国内。

郑芝龙是一名威震东南沿海的海盗首领，势力非同一般，拥有帆船一千多艘，兵员七万余人。与那些专靠打劫为生的海盗不同的是，郑芝龙除了抢劫，还从事商贸活动。此时的明朝政府，正困于西北部以李自成、张献忠为首的农民起义军及东北部急剧扩张的满洲八旗劲旅，对东南沿海的郑芝龙武装集团实在无暇顾及，只好采取招抚之策。郑芝龙也想借正统之名行事，二者一拍即合，很快达成招安协议，明朝政府授予郑芝龙守备之职，他也就摇身一变，由昔日海盗成了朝廷命官。队伍未经改编，地盘没有缩小，性质一仍其旧，却可以名正言顺地打着朝廷旗号对抗各种势力，剪灭诸如李魁奇、杨六、钟斌、褚彩老等其他海盗商人，实在是一桩一本万利的“交易”。在郑芝龙的称霸与控制下，东南沿海一带，“海舶不得郑氏令旗，不能往来”。郑芝龙最为鼎盛时期，拥有大小船只一万来艘，由招抚前的“富甲全闽”跃升为“富可敌国”。

正是父亲郑芝龙的开创之功，为郑成功此后登上历史舞台提供了必要的条件，奠定了雄厚的物质基础及军事力量。

郑芝龙虽然陶醉于自己的海盗霸业，但内心深处，却有一种原罪般的耻辱与不安。崇祯三年（1630 年），他将儿子从日本接回福建，安顿在老家南安石井，专门聘请了一名塾师，教他读书习字，希望他换一种方式，远离海盗武装，通过科举考试求取功名、光宗耀祖。

郑成功不负父望，15 岁升入南安县学，19 岁参加乡试，21 岁考入当时的最高学府——南都南京国学（国子监），拜大学问家、南都礼部尚书钱谦益为师。

郑成功的人生道路与未来前途，似乎正依照父亲的设计与安排，日益变成现实，一步步地走向目的地。然而，一场天翻地覆的社会巨变早已拉开序幕，正愈来愈烈地在中华大地上演。所有生活在东方这块古老土地上的人们，无一例外地卷入其中，都得经受生活的磨难、生命的砥砺、道德的考验、灵魂的拷问乃至生与死的抉择。

这是一场改朝换代的深刻巨变，既有满洲的铁蹄践踏，又有农民义军的相互混战，还有明廷内部的残酷纷争，三者汇在一起，仿佛一股吞噬一切的巨大洪流，由北而南，由西至东，泛滥奔涌。

崇祯十七年（1644年），是华夏民族灾难深重的难忘之年，也是中国古代历史具有关键转折性质的一个重要年份。这一年，李自成攻占北京，随着崇祯皇帝的自缢身亡，大明王朝走完了它276年的漫长历程；这一年，满洲八旗入关，清脆的铁蹄声成为汉人又一次异族统治的可怕梦魇；这一年，福王朱由崧从江北辗转来到金陵（南京），建立南明弘光政权。

可悲的是，面对清军大举南下、迫近南京之势，弘光朝的官吏不仅无所作为，反而陷入派系之争的内讧不能自拔，除了眼睁睁坐以待毙外，根本无暇、无策、无力抗击清军。

仍然是崇祯十七年，郑成功及太子监的同窗再也无法安心读书了，他们纷纷离开南京，返回故乡。临行前，郑成功前往明太祖朱元璋墓地明孝陵凭吊。年初考入南京国子监学习，年底就不得不黯然离去，学业未成，壮志未酬，也不知这一离别，是否还能再回南京。念及于此，郑成功不由得更加神伤。

崇祯十七年年五月，清军突破长江防线占领南京，弘光政权仅仅存活了一年时间，就土崩瓦解了。

清军继续南进，汉人的地盘愈来愈小，而反清烽火却越燃越烈。朱元璋的九世孙、唐王朱聿键受到郑芝龙、黄道周、苏观生等人拥戴，在福州称帝，建立南明隆武政权。

隆武帝没有自己的军队，他所倚仗的，主要是以郑芝龙、郑鸿逵兄弟为主的军事力量。为拉拢重兵在握的郑氏集团，让他们尽力效命，隆武帝不得不一再封侯赐爵：先封郑芝龙为平虏侯，不久晋升为平国公加太师；封郑鸿逵为定虏侯，后升为定国公，拜大元帅。

正因为置身拥有实力的郑氏家族，郑成功也受到了隆武帝朱聿键的特别重视与格外青睐。

隆武元年（1645 年）八月十七日，郑芝龙带长子郑成功（时名郑森）晋见皇上。隆武帝见他长得器宇轩昂、英俊非凡，问了好几个问题，都能对答如流，不禁十分赞赏，拍着他的肩膀道：“难得的人才啊！可惜我没有女儿，不然的话，就招你为驸马了。你可一定要尽忠朱家，不忘故国啊！”隆武帝说着，当即赐予国姓，将他的原名改为成功，任御营中军都督之职，在礼仪规格上与驸马相同，后又封忠孝伯。

郑成功祖籍福建，出生的“儿诞石”旁有一棵松树，父母便叫他福松。后改为郑森，取其茁壮、茂盛、兴旺之意。自隆武帝朱聿键赐姓改名后，便叫朱成功了。但后人仍用原姓，习惯称他郑成功。因皇帝赐姓，所以民间又叫他“国姓爷”。

面对皇上亲自赐姓改名、封官晋爵这臭大殊荣，郑成功不由得感激万分，一次陛见隆武帝时，他俯首跪拜，含泪奏道：“臣受厚恩，义无反顾，愿以死报效陛下！”

除了报答隆武帝的知遇之恩，母亲田川氏的惨死，也更加坚定了郑成功抗清复明的意志与决心。

那年，郑芝龙将儿子郑成功从日本接回时，自然也想将爱妻田川氏一同迎回。可日本幕府有女人不准出境的规定，田川氏只好继续留在平户。直到隆武元年十月，郑芝龙才疏通关系，将郑成功母亲田川氏接回福建。她在石井只生活了一年多，清军就攻入南安，烧杀掠抢，无恶不作。在冲天的火光与放荡的淫笑中，田川氏惨遭清兵蹂躏，“被淫缢死”。

郑成功闻讯赶回故乡，抱着母亲尸体，剖开她的肚子，掏出肠胃，用清水洗涤干净，重新放入腹中，再行归葬。“质本洁来还洁去”，母亲受辱而死，郑成功悲恸至极，采用“倭法”还其洁净，用一种在国人看来十分极端的方式表达对母亲的挚爱，对清军的愤恨。

清军如此之快地占领福建侵入南安，实则与郑芝龙密切相关。

郑芝龙以海盗行径奠定基业，深知实力之重要。没有实力，在一个政治腐败、兵荒马乱、弱肉强食的社会里，你什么也别想干。因此，正义责任、诚信忠贞之类的荣誉与训条对他来说并不重要，重要的就是保存军队、扩充实力。于是，一旦遭遇风险，郑芝龙那注重实利、首鼠两端的本性便暴露无遗。隆武二年（1646 年），清军进攻福建，隆武帝领军御驾亲征，命郑芝龙扼守入闽重地仙霞关。当清兵主力逼近仙霞关时，郑芝龙未经一战，就全线撤兵，“拱手奉山河”，使得清军从容过关，轻而易举地攻入福建，直接导致朱聿键兵败身死，隆武政权迅速覆亡。

郑芝龙为了继续保全实力，保住这些年苦心经营的财富，在清廷征南大将军贝勒博洛的利诱下，决意效仿明朝招安前例，故技重演。于是，郑芝龙下令闽军全部南撤，退守安平。隆武二年（1646 年）十一月，仅带 500 名士兵前往福州乞降。为表忠心，他还“密献舆地于大清”。郑芝龙一降，闽东南屏障尽失，清军长驱直下，如入无人之境。南安民众以为郑芝龙做了降臣，故乡可以免遭涂炭，也就未加任何防备。不料清军暴虐成性，进入南安后兽性大发，烧杀掳抢，无恶不作。郑芝龙一念之差，不仅累及乡亲、爱妻，也将自己推向险恶莫测的边缘。清军担心纵虎归山，并没有将他放回，而是挟持北上，在北京软禁起来。可怜一代豪杰，从此失去人身自由，最后落得个身首异处的可悲下场。

是随父亲降清，还是举起抗清义旗报效皇恩，为母亲复仇？忠孝不能两全，郑成功不得不面临人生的一次重大抉择。其实，郑成功对父亲拥兵自重、保存实力一直反感，对降清一事，更是极力反对。无法劝转父亲，又担心自己受到挟制，郑成功偷偷渡海逃到金门。郑芝龙投降前夕，专门派人前往金门劝说儿子与他一道同行。郑成功当即手书一封：“从来父教子以忠，未闻教子以背叛、变节。今吾父不听儿言，后倘有不测，儿只有着丧服而已。”在忠与孝之间，郑成功几乎毫不犹豫地选择了忠。当郑芝龙受制于清廷软禁在京城之后，又多次写信劝儿子投降。郑成功心里十分清楚，他越是对南明朝廷尽忠，父亲的生命也就越发危殆，离孝道也就越远。

投笔从戎，武力抗清，不仅是忠与孝之间的抉择，也是郑成功人生道路的一次重大抉择。尽管他在日本从小就喜欢武艺，“学剑道于指南花房某”，回国后继续操练剑术，还喜读兵书，尤爱《孙子兵法》与《吴子兵法》，但就本质而言，郑成功算不得武士，也非军人，而是一名地地道道的儒生。从读书习学的儒生到征战沙场的武将，不仅仅是角色之间的转换，更是一场从外表到内心、从性格到行动的艰难转型。

国恨家仇犹如一把烈火，煮沸了郑成功的满腔热血，除了高举义旗、矢志抗清外，他已别无选择。于是，郑成功前往南安孔庙，脱下身上的儒服烧毁，然后对着孔子牌位，痛哭失声地跪拜道：“昔为儒子，今为孤臣，向背居留，各行其是，仅谢儒衣，祈先师昭鉴！”

一番祭告过后，郑成功站起身来，再向孔子作了一个长揖，然后毅然决然地转过身去，带着九十多名追随者，辗转前往广东南澳募兵。

南澳岛上的驻军原为郑芝龙旧部，郑成功振臂一呼，他们纷纷投入他的麾下，几乎没费多少周折，就拥有了一支上千人的队伍。

永历元年（1647 年）初，郑成功将募集的军队从广东南澳带到厦门鼓浪屿，举行誓师仪式，正式走上武装抗清道路。

独撑东南困局的历史命运，就这样落在了年仅二十三岁的郑成功身上。

二

郑成功一旦举旗抗清，戎马倥偬，劳于王事，再也无暇读书，所有精力与心血，几乎全部花在了治军征战上。

起事之初，郑成功不懂打仗，只能在实践中学习军事。郑芝龙降清后，郑成功虽是他的长子，是宗法社会理所当然的继承人，却没有力量完全继承父亲的地位，郑芝龙属下的兵力分别由郑成功叔父郑鸿逵及郑成功族兄弟郑彩、郑联所拥有。郑成功掌控的兵力十分有限，不过几千名从广东南澳招来的兵员，占据的地盘更是狭小局促，只能在鼓浪屿、海澄一带海域活动。

如果没有足够的军事力量，反清复明不过是一句停留在口头的空话。因此，郑成功不得不做出一次重大的决定，想方设法将父亲手下的兵力控制在自己手中。谁也不愿放弃既得权力与利益，为了实现心中的愿望与理想，郑成功不得不向自己的族兄弟郑彩、郑联开刀，设计兼并他们的军队。其时，郑彩、郑联驻军厦门，这是一个四面环海、面积一百二十八平方公里的孤岛。郑成功虽然占有厦门岛旁的鼓浪屿，但该岛面积不到两平方公里，回旋的余地实在有限。而一旦拥有厦门，不仅延缓、阻隔不善水战的清军进攻，还可以作为一处理想的反清复明基地。只要除掉郑彩、郑联，郑成功就能够名正言顺地以郑芝龙长子身份向这些驻厦部队发号施令。可是，郑彩、郑联毕竟是他的族兄弟，他们之间，不仅有着共同的血缘关系，前不久，还曾在一起联合抗清，有过愉快的合作。郑成功于心不忍，实在下不了手。

然而，如果长期迟疑不决、错失良机，他的那些誓言与理想，只能是一些空话与梦想。怎么办？这是一种没有选择的选择！郑成功只得硬着心肠、强忍痛苦，趁郑彩外出远行之际，亲选五百名健卒，设计杀死郑联。当部下拿着割下的郑联首级前来报告时，郑成功捶胸顿足，悲声痛哭道：“谁杀吾兄？不共戴天！”是掩人耳目，还是真情流露？包括他自己，谁又能说得十分清楚呢？二者也许兼而有之吧。此后的一切，按预先的设计与安排有条不紊地进行，郑成功占据厦门，接收了郑彩、郑联十倍于己的兵力，得到一大批舰船物资。

谋杀族兄的愧疚，虽然被胜利的喜悦暂时冲淡，但冷酷残忍与温柔亲情，将是他心中一辈子无法解开的结，一个永难消解的痛。

直到永历五年（1652 年）三月，叔父郑鸿逵因犯过失主动交出所属船只兵将及金门地盘，郑成功这才接收了父亲郑芝龙降清后留下的几乎所有“遗产”。

拥有了金门、厦门这两处稳固的抗清基地，郑成功便开始拓展地盘，补充兵源，扩大粮饷供应，在闽、粤及江浙沿海地区频频出击，与清军展开了旷日持久的争夺战与拉锯战。在一系列战斗中，他的卓越才华日渐显露，坚强的斗志、优秀的操守、严明的执法更是受到人们的敬佩，威望和信誉与日俱增。

尽管打了不少胜仗，收复了一些地盘，获得了不少新的兵员与粮饷，但郑成功并不满足于这样的“小打小闹”，他心中念系着的，是驱除满洲势力，恢复明朝故土。因此，他一直谋划、准备着一件惊天动地的壮举，那就是北伐南京，定鼎中原，驱逐满洲人。

前三次筹备因故搁浅，直到永历十二年（1658 年），郑成功第四次挥师北伐，这才蔚为壮观，形成一股震慑清廷、鼓舞民众的巨大力量。

这年春天，郑成功亲率八千艘战船，二十万水师步骑，号称八十万大军北伐。但见舟师齐发，旌旗蔽日，浩浩荡荡，好不威风。明朝遗民对郑成功的军队望眼欲穿，对这次北伐寄予极大期望，真可谓箪食壶浆，以迎大军。

郑军一路行来，奋勇鏖战，出舟山，攻瓜洲，克镇江，直捣南京。

兵临南京城下之时，郑成功肯定想到了当年黯然神伤的离别。一晃十四年过去了，他已由当年血气方刚、稚气未干的青年儒生，成为一名威震天下、统领大军的武将。望着那即将踏破的城墙，郑成功不由得意气风发地挥毫写道：“缟素临江誓灭胡，雄师十万气吞吴。试看天堑投鞭处，不信中原不姓朱。”

是的，他多么希望此次北征能够收复南京，跨越长江，打到北京，一鼓作气完成抗清复明的宏伟大业啊！令人扼腕的是，自十四年前那次离开后，他终了未能再次步入南京城内。第四次北伐前后不过一个月，便以彻底失败而告终。

检讨失败的原因固然多多，比如郑军的北伐路线与后来英军在鸦片战争时侵犯南京几乎完全一致，但英军至镇江后留兵驻守，断绝运河交通，将清朝切成两段，北京之兵不能南下，江南漕运不能北上，清廷不得不屈志求和，签订中国历史上第一个不平等条约——《南京条约》。而郑成功却犯了操之过急、轻易冒进、直抵金陵的大忌，未在镇江布兵设防；比如郑成功围困南京后轻信敌兵的假投降信，没有从速攻城，结果坐失良机；再比如郑成功陶醉于暂时的胜利，疏于军事，将主要精力放在拜谒明孝陵，准备庆贺三十五岁诞辰之事上；还比如郑成功放松警惕，大敌当前，郑军却以饮酒捕鱼为乐，让清兵钻了空子……不错，这些都是郑成功第四次北伐的“致命伤”，但后人在分析反省、检讨、总结时，全都忽略了一个大的前提，那就是清军不仅势力过于强大，远远超出郑军，并且作为少数民族入主中原的朝廷，那种新型的机制、高速的效率、强劲的活力更是远非腐朽堕落的朱明政权所能比拟。

南明弘光、隆武朝廷覆亡后，抗清主力唯有东南的郑成功与西南的李定国互成掎角，海陆呼应。随着清廷将主要军事力量投入西南战场，李定国连连败北每况愈下，郑成功仅凭东南之隅的一己之力，实难独撑整个抗清局面。日益危急的形势于郑成功而言，可供采取的战略方针无非两种：一是固守金厦，凭借海上优势抵御清军进犯；二是趁清军未将主力投入东南之际，集中全部力量主动发起进攻。前者有被动挨打、坐以待毙之虑，后者则有孤注一掷之险，二者皆非上策，但一时又没有更好的出路可供选择。况且无论采取何种策略，最后都免不了要与清军决一雌雄。

作为一面高举着的反清复明大旗，郑成功毅然选择了主动进击、倾师北伐之策。他的北伐壮举确实起到了震慑清廷的巨大效果，据说年幼的顺治帝受到郑成功围攻南京消息的惊吓，准备将都城从北京撤回盛京（今沈阳）。在皇太后的训斥与激励下，才稳住阵脚，拔剑大呼御驾亲征。

但也仅止于此而已，即使郑成功占领南京，就当时的情势而言，也难有更大作为。郑成功孤军远征，没有后续部队接应，而清军据有辽阔的疆域与雄厚的资源，可调动各地军力围剿。关键的一条，是军心的向背。郑成功第四次北伐途中的几次重大战役，其作战对象并非正儿八经的满洲铁骑，大多都是汉人投降后效命的伪清军（绿营）。仅以人口计算，满洲人只有汉人的百分之一，却在极短的时间内挥师南下，招降纳叛，攻无不克，远非“天命”二字所能涵盖，其中有着许许多多的内在因素。

透过满汉民族之争的表面，清军入关后的无数次惨烈战争，大多为汉人与汉人之间的相互残杀。汉人降清，多如过江之鲫。不守信义的武人降清，以忠孝标榜的文人也一个个“心悦诚服”地供清廷驱驰，招抚南方总督军务大学士洪承畴是文人，为清廷献计献策的大学者钱谦益更是郑成功的老师。

就拿清人征服福建、台湾而言，说到底，也属闽人之间的内争。清军攻克福建，背后便站着一个一手举屠刀、一手拿诏书的原明重臣、福建南安人洪承畴。洪承畴降清入关、总督南征军务后，采取恩威并重之策，对乡人故旧先是招降，招降不成，便以屠刀相见。此后清军攻克台湾，更是叛将施琅一手促成，而施琅原为郑成功部下，系福建晋江人。

两相比较，郑成功在我们眼里也就显得更其高大伟岸！

南京之败，是郑成功举旗抗清以来规模最大的一次失败，损失了甘辉、张英、陈魁等优秀将领，兵员骤减，士气衰落，不得不引军南返。

出兵前踌躇满志、志在必得的郑成功怎么也接受不了兵败溃退的严酷事实，好几次拔出佩剑，想以自刎的方式告慰那些死去的英灵。幸亏部下及时劝阻，才放弃自杀念头，决心重整旗鼓：“胜败乃兵家之常事，亦何虑哉！”

清军一路跟踪追击，顺治十七年（1660 年）三月，安南将军达素来到泉州前线，会同总督李率泰、提督马得功及郑军的两员叛将黄梧、施琅，准备向厦门、金门发动大规模进攻。郑成功不得不面临一场生死存亡的大决战。

郑军兵败南京后，清廷严厉清查迎降附郑的州县军民，株连被杀者不计其数，江南士民的复明之心，从此黯淡泯灭。郑成功在退出长江口时，想攻占崇明岛作为日后再度北伐的军事大本营，多次猛攻都未成功。退守金门、厦门岛后，局势更是危如累卵，除了自保，一时也难以大有作为。郑成功的内心深处，也清醒地认识到了反清复明的无望，不由得悲痛万分地吟诗一首："故国山河在，孝陵秋草深。寒云自来去，遥望更伤心。"然而，作为一名吸收了儒家精华的将领，明知其不可为，却又不得不勉力为之："王气中原尽，衣冠海外留。雄图终未已，日夕整戈矛。"正是这种锲而不舍、锐意进取的奋斗精神，才有此后收复台湾的壮举。

清军集中水陆精锐，气势汹汹逼来，企图一举攻占厦门，消灭郑军主力。作为一支长期以大海为活动舞台的海上武装集团，郑军发挥自身优势，利用熟悉水情、地理等有利条件，取得厦门大捷，打了一个自南京败退之后的翻身仗，粉碎了清军覆灭郑军的妄想。

此役虽然获胜，但以金、厦两地的有限之地，如若想再次打败清军更大规模的进犯，将十分困难。而欲图恢复大业，仅仅偏安于弹丸小岛，更是难上加难。郑成功的目光，不得不跳出金、厦，实行抗清战略大转移。

就在这时，原郑芝龙部下，现台湾通事何斌前来拜见郑成功，献上一份自己暗中测量、绘制的台湾沿海地形图。

何斌献过地图，又不失时机地说道："国姓爷如挥师东渡，驱逐红夷，则十年生聚，十年教养，国可富，兵可强，进可攻，退可守，足可大有作为。"

何斌之言，正中郑成功下怀。宝岛台湾已被荷兰殖民者侵占三十八年之久，郑成功早有攻取台湾建立抗清基地的打算，只是条件不够成熟，这一宏愿长期埋在心底。有了沿海地形图，港湾、航道、潮汐、要塞历历在目，加之何斌对荷军的兵力、兵器、兵船部署等情况了如指掌，郑成功不仅可以顺利抵达台湾，更可知己知彼及时投入战场，先发制人，打败荷兰侵略军。

顺治十八年（1661 年）三月一日，郑成功亲率文武官员、将士在金门料罗湾海滨祭江誓师，东征台湾。

三

作为一名家喻户晓的民族英雄，郑成功一生的不朽功绩，被人们长期称颂的并非那矢志不渝的抗清功业，而是收复台湾、统一祖国、开辟荆榛的伟大壮举。

为了达到恢复大明天下的目的，郑成功殚精竭虑，将个体生命的能量几乎发挥到了少有的极致状态。据一则史料记载，郑成功曾一再遣使日本，意欲借兵抗击清廷。日本幕府第三代将军德川家光曾作过认真考虑，准备派遣军事分队远征中国，但其目的显然不是援助郑氏，而是“占领大明”。在明清两朝漫长的交替过程中，日本虽以极大的兴趣、焦虑的心情旁观中国巨变，因为种种原因，最终还是采取了保持中立、不予干涉的策略。然而，只要时机、条件成熟，这个虎视眈眈的邻居便会大举进犯、实施淫威。

郑成功收复台湾，也是在鲜明的反清复明旗帜下采取的一项迂回曲折、以退为进的非凡举措。在金门料罗海滨的出师誓词中，郑成功明确说道：“本藩矢志恢复，念切中兴。前者出师北伐，恨尺土之未得，既而舳舻数万还，恐孤岛之难居，故冒波涛，欲辟不服之区，暂寄军旅，养晦等时，非为贪恋海外，苟延安乐……”

郑军打败荷军收复台湾，并非后人想象的那么轻而易举，毕竟，荷军是一支有着大炮、枪械、舰艇等近代武器装备的能征善战队伍。郑成功出师前对战争的酷烈早有足够的心理准备，他将自己所有能打硬仗的将领几乎全部带走，只留少数部队驻守金厦，大有一种破釜沉舟、“不破楼兰誓不还”的大无畏英雄气概。

战事进行得相当艰巨而漫长，荷军头目揆一以守军及援军共约三千兵员的力量，与郑成功率领的三万多将士抗衡对垒长达九个月之后，才在断水绝粮、重重围困之下，迫不得已派人谈判，于顺治十八年十二月十三日（1662 年 2 月 1 日）签订十八条相当宽大的投降条款，带着五百多人高举白旗走出城堡，退出台湾，鼓轮而去。

面对回归祖国怀抱的山河故土，郑成功热血沸腾，感慨万千，不由得再次挥毫泼墨，赋诗疾书：“开辟荆榛逐荷夷，十年始克复先基。田横尚有三千客，茹苦间关不忍离。”

然而，谁也没有想到的是，收复台湾仅四个多月，郑成功便于1662年6月23日与世长辞，年仅三十九岁。

一颗闪烁的流星划过漫漫夜空，照亮了沉寂的黑暗，遗憾的是，这迸发而出的灼灼光华转瞬即逝。

导致郑成功流星陨落、英年早逝的原因错综复杂，稍加分析梳理，可用悲愤、羞愧、痛心、忧愁四词予以概括。

正当郑成功欢庆光复台湾之时，突然传来南明永历皇帝父子被吴三桂绞杀的消息。自隆武帝死后，郑成功一直以桂王永历帝为正朔，遵永历年号，并不时遣使朝拜。永历帝父子败亡，意味着南明朱姓王朝的彻底覆灭，郑成功的反清复明也就失却了最后的依托与支撑。

郑成功东征台湾时，命长子郑经留守金厦。没想到他与四弟乳母陈氏私通，生下一个儿子，还派人前往台湾报喜，说是侍妾所生。郑成功未满四十而获孙男，甚为高兴，当即赏赐金银布帛无数。而谎言一经戳穿，郑成功不禁又羞又愤，当即做出杀妻斩子、除灭淫妇的决定。兄长郑泰及部将黄廷、洪旭等人接到令箭后，只将乳母陈氏及所生儿子杀掉了事。郑成功接报，一定要以治家不严之罪将妻子董氏斩首，长子郑经更是不能宽恕，并解下随身所佩宝剑交给使者，带往金厦，严令执行。可是，郑泰、黄廷、洪旭、郑经等人不仅没有照令行事，反而在金厦两地部署军队，派兵防御。郑成功闻讯，悲愤难忍，忧郁成疾。

正在这时，又从大陆传来确报，清廷将长期软禁在北京的父亲郑芝龙及其眷属十一人斩杀，其余家属流放东北宁古塔；还采纳郑军叛将黄梧的建议，挖掘郑成功祖坟以泄地脉，将郑氏先祖骨殖抛露于野。只因反清复明，才使得父亲及其眷属惨遭清廷毒手，就连葬在地底的先人也不得安宁。郑成功为自己的不能尽孝痛心疾首，而尽忠于明朝，也失去了着落，痛心与忧愁如一张巨网，笼罩着他的身与心。

内讧外患交织，一连串的失意、打击与噩耗接踵而至，使得郑成功急火攻心、悲愤郁悒、心肝受损，加上感染风寒，内疾外病相侵，病情一日重于一日。去世前几天，郑成功摧肝欲裂、悲痛万分地大声叹道："自家国飘零以来，枕戈泣血，十有七年。今日屏迹遐荒，遽捐人世，忠孝两亏，死不瞑目。吾有何面目见先帝于地下？天乎！天乎！何使孤臣至于此极也！"

"出师未捷身先死，长使英雄泪沾襟。"天不假年，呜呼哀哉！

郑成功因病而逝，似乎已成公论，但有一则"另类"的记叙却不得不引起笔者的足够重视。据《清代官书记明台湾郑氏亡事》所载："成功恚甚，得狂疾，索从人佩剑，自斫其面死。"郑成功虽染重疴，也不至于骤然病入膏肓、无法救治。究其死因真相，这段记载较合情理。南京败退，他便有过多次自杀行为；面对永历帝被杀、父亲遇害、儿子欺骗、部属抗命等深重的内忧外困，郑成功悲愤交加，陷入无法突围的精神困境之中，神志恍惚，迷离失常，引发狂疾，难以自持，自杀而亡。

后人论及郑成功时，有将他与诸葛亮、岳飞相提并论之说。这种比拟虽然有点牵强，但他们三人之间，确有许多共同之处，特别是气节情操，简直如出一辙。论武德才略，郑成功以一介书生，能获数十万之众，仅凭两座孤岛，高举反清复明大旗十多年，且直捣清军腹地南京城下，搅得清廷手足无措，与当时的文臣武将、抗节义士相比，不知胜过多少倍。

然而，我们不得不承认，郑成功身上，也存在着许多缺憾与不足。比如《海上闻见录》说他“用法峻严，果于诛杀，于是人心惶惧，诸将解体”。郑成功的最大失误，就是性格暴躁，遇事冲动，感情用事，诛杀过宽、过严、过酷、过滥，“英迈果断有余，而豁达恢宏不足”。郑成功终其一生，历经大小战役百余次，诛怯斩败的次数自然很多，有的是非杀不可，但动辄诛杀全家，特别是对那些不服征输抗拒的城寨屡施屠戮，当属擅杀之过。

他犯下的第一件诛杀大错，便是杀死镇将施琅父亲施大宣、弟弟施显等人。施琅有过在先，但也不至于处死，更没有严重到累及家小的地步。施琅幸得副将吴芳藏匿帮助，才逃得一命。吴芳包庇施琅脱命，郑成功将他妻子等五人杀掉。施琅逃脱后选择人生的方式，并不一定非投降清军不可，这一所为自然是他人格的缺失，但也是郑成功逼迫的结果。郑成功追缉施琅未果，当即顿足叹道：“吾不幸结此祸胎，贻将来一大患。”事实也是如此，施琅原为郑军先锋，对郑成功的用兵布阵了如指掌，投降清军后多次与郑军交战，给郑成功带来了一次又一次麻烦。而郑成功卒后二十一年，正是施琅酿出郑氏三世灭国之祸——康熙二十二年（1683年）六月，施琅亲率水师东征台湾，在澎湖海战中歼灭郑军主力，迫使郑成功之孙郑克塽投降。

就以郑成功因长子与四弟乳母私通生子受骗，遣使诛杀妻子董夫人及郑经等人而言，也有不分轻重、意气用事之嫌，结果造成部属借故抗命，不与台湾往来，使得郑氏集团内部不和，出现前所未有的裂痕与危机。

受郑成功人格魅力吸引及反清复明旗帜感召，不少清军将领（自然也是汉人）归附来降，郑成功对他们总是“投之以重赏，羁之以厚爵”。同时，也有十多员镇将以上将领因郑成功御将失当、情事所激而投奔清廷，这些叛将对郑成功的进取造成了极大损害。

永历十年（1656年）六月，海澄守将黄梧因受郑成功斥责，心怀不平，又以军法苛严为惧，心生异志，裹胁副将苏明、知县王士元降清，损失“粮粟二十五万石，军器、衣甲、铳器无数”。海澄是金门、厦门两岛的外围据点，黄梧叛郑，不仅损失粮草军械无数，更重要的是，金、厦两处基地失去了一道有力的保护屏障。此后，黄梧又向清廷献计，直接导致郑家祖坟被掘，郑芝龙等十一人被杀，郑氏家属流放宁古塔。

永历十五年（1661 年）七月，投降郑军的原清朝漳州知府房星烨复叛入京。房星烨在郑军中担任要职七八年之久，对金门、厦门两岛情形了如指掌，叛郑后向清廷进言，将沿海居民迁居内地，不许寸板下海，给郑军给养及海上活动带来极大困难。

永历十六年（1662 年）三月，驻守南澳的郑军老将陈豹因清军施以反间计，郑成功轻信谗言，误生猜疑。陈豹遭受郑军夹击，投清前不禁悲愤地哀叹道："此乃藩主相逼，自坏长城半面，非本爵背恩而去。"

正是这些与生俱来的性格缺陷，难以避免的内在弱点，在某种程度上阻碍了郑成功反清复明大业的顺利发展。但这并不影响他的崇高伟岸，他是一个平凡的常人，并非不食人间烟火的神灵，这些弱点与缺憾，反而将他的英雄形象衬托得更加真实而丰满。

四

郑成功收复台湾的历史影响，不仅超越了当年反清复明的目的，更有着深刻的现实意义。

自崇祯十三年（1640 年）开始，郑芝龙就控制了东南沿海一带。郑成功在接管父亲的军事大权，树立自己的绝对权威之后，头际影响更为扩人。他以国际航路上重要的中转口岸——厦门作为大本营，向北反清复明，影响深入内陆，威震中国中部和南部；面向海洋则辐射到东海、南海的大部分辽阔水域，受到东南亚诸国的敬畏，成为欧洲殖民扩张主义的障碍。

就当时情形而言，国内几大军事势力正忙于相互间你死我活的争权夺利，根本无暇顾及海洋权属；日本迫于无奈撤出海洋，采取闭关锁国政策；于是，以荷兰人为首的欧洲殖民者基本窃据了东南海商的传统航路，能够与之对抗的，唯有郑成功领导的武装势力。如果 1662 年郑成功没有将台湾从荷兰人手中收回，那么今日之台湾，早离中国而去，成为欧洲人的一块永久地盘了。台湾于华夏而言，不仅是一个岛屿，而是中国走向太平洋，走向世界的一处落脚点、一个中转站、一块重要基地。失去台湾，也就意味着中国大陆被封闭在由日本列岛、冲绳群岛、菲律宾群岛、马来群岛等一长串东亚岛链组成的狭窄水域内，将永远与全球性大国无缘，永远局限于东亚地区的影响与宿命。

郑成功死后，郑氏武装集团依然存在，仍有力地控制着东南亚海上贸易。台湾，成为清廷征服中国的最后一个障碍。直到康熙二十二年（1683 年）施琅率领清军攻入，郑克塽投降，郑氏武装集团才告彻底覆亡。

郑成功逝世，郑氏武装集团瓦解，清廷虽然征服了金门、厦门、台湾，占据了郑成功的地盘，但他们并未将影响扩展到郑氏武装集团控制的辽阔海域，而是着眼于脚下与陆地，采取向内转的封闭政策。于是，西方殖民者再次乘虚而入，东亚诸国的厄运就此注定，成为欧洲列强的囊中之物与蹂躏对象。

由此可见，我们只有将郑氏集团，将郑成功的活动放在更为复杂、更为广阔的国际背景下进行考察，才能洞见其深藏背后的意义与影响。郑成功之死，郑氏集团灭亡，也就意味着东南亚诸国确保政治、经济、地理完整的最后一道屏障消失。

郑成功在台湾的一年零两个月时间内，除收复主权外，还积极从事政治与经济建设，大力开发台湾，尽量消除荷兰殖民痕迹：以大陆模式建立政权，设置县、府、镇等政权机构；团结高山族长老，正确处理民族关系；注重农业生产，寓兵于农，实行屯垦，大力传授、推广先进的生产技术；发展贸易，通洋裕国……

一百万年前，台湾与大陆东南并未横亘宽阔的台湾海峡，而是一片紧密相连的陆地板块。台湾与大陆不仅动植物相同，就是迄今发现的人类最早化石——三万年前的台南县“左镇人”化石，也与北京周口店“山顶洞人”化石属堂兄弟关系，系北京猿人后裔。据有关文献记载，汉代前后大陆与台湾之间就有通航，三国时吴王孙权派将军卫温率一万官兵到达“夷州”（台湾），隋代开始经略澎湖，宋代大批汉人迁徙入台，元、明两代设立澎湖巡检司。但真正大规模开发台湾，还是郑成功率军进入以后。郑成功收复台湾，不仅延续了南明正朔，更带去了大陆先进的制度与文化，成为引导台湾社会发展的精神动力。

而郑成功对厦门的开发，也是功不可没。

郑成功驻军之前，四面环海的厦门岛还相当落后，当地百姓或辛勤垦殖，或下海捕鱼，自给自足。当郑成功将厦门作为一处反清复明的大本营后，设置吏、户、礼、兵、刑、工六官，建立系统的政治军事机构，大力着手厦门的经贸开发与建设。

郑成功在厦门、金门两地常驻军队约二十万。为维持庞大兵员的正常运转，他在京师、苏州、杭州、山东等地开设五大商贸组织，将外地的丝绸、匹缎、杉桅、桐油、铁器、硝黄以及粮油等物资运抵厦门，满足军需民用；他充分发挥厦门良港的有利优势进行海外贸易，准许西班牙、荷兰、英国商人在厦设行经商，输出丝绸、瓷器、药材、茶叶，特别是茶叶贸易，经荷兰等国商人运送到欧美各国，使得厦门成为海上茶叶之路的“第一输出口岸”；郑成功从海外输入的商品主要有胡椒、苏木、象牙、鱼皮、海味、药材、铜、锡等。早在鸦片战争清廷惨败将厦门辟为五处通商口岸之一的近两百年前，厦门就已是一处相当开放的对外通商港口。

为适应“通洋”与战争需要，郑成功采用西法铸造银币，大力发展军火制造业，“督造军器、藤牌、战被、火箭、火筒、火罐等项”，成为创建厦门工业、手工业的鼻祖。

正是这些“以商养战”“通洋裕国”的开放措施，不仅打破了厦门的封闭状态，改变了单一的生产结构，建立了一个将中国与海外连成一体的庞大贸易网络，促进了商品经济的发展，推动了厦门由封闭渔村向开放城市的过渡，而且创建了一种被后人所称道的“延平文化”。

延平郡王，是南明永历帝赐予郑成功的封号。延平文化，便是特殊时代背景下华夏文化与闽南中原古文化、西方海洋文化的结合与转型，是华夏文化在特定区域的延续与发展。

延平文化，是一种以海洋为特征的开放型文化，所依赖的是海运、海商、船队与水师，这也是我们几千年传统内陆文化所缺少的一种内在基质。在改革开放不断深入、各国联系日益加强、世界正逐渐过渡为“地球村”的今天，延平文化具有特殊的借鉴与现实意义。

郑成功与厦门，二者相互依赖，相得益彰。厦门是郑成功抗清复明的根据地，是他一生事业不可缺少的重要依托。厦门成就了郑成功的基业，没有厦门，就不会有郑军北伐南京、东取台湾的伟大壮举；而厦门也离不开郑成功的锻造，郑成功的重要活动有力地改写了厦门的历史，使得一个偏远落后的海岛迅速崛起。没有郑成功，厦门的城市建设、历史蕴涵、文化品位、包容大度都将大打折扣，最为重要的是，缺少郑成功的厦门，将缺少一种内在的精神贯注与正确的价值导向。

郑成功在厦门活动的十多年时间里，留下了一处处珍贵的历史遗迹，有郑成功读书处，郑成功杀郑联处，国姓井，延平故垒，水操台遗址，郑成功驻军要地嘉兴寨遗址、高崎寨遗址，郑成功演武练兵的演武场，训练水师的演武池……走在厦门的大街小巷，虽然是现代化的高楼大厦与市声的喧嚣嘈杂，然而，不经意间的一处古迹，或是一块石刻、一个地名，就会将我们拉回郑成功当年驻军厦门的历史，眼前幻化出一队队威武雄壮的郑军水师，一幕幕你死我活的厮杀场面，一声声撼人心魄的悲壮呐喊……郑成功及其手下的骁勇兵士，曾将生命的能量压进了厦门岛的每一块岩石、每一寸土地。

厦门人民一直缅怀郑成功的伟大功绩，将他留下的一处处遗迹辟为旅游胜地，还在鼓浪屿水操台遗址附近建立了郑成功纪念馆，在鼓浪屿东部的覆鼎岩海滨辟有郑成功纪念园——皓月园。郑成功纪念馆通过实物、文献、档案、照片、图片、沙盘、模型、雕塑、绘画等，系统介绍、全面展示郑成功一生的奋斗历程与丰功伟绩。皓月园内，当游客面对一组栩栩如生的郑成功率师出征的青铜群雕像时，恍若置身当年战马嘶鸣、杀声震天、刀光剑影的战斗场面。最让人震撼的则是高高耸立在覆鼎岩上的郑成功花岗岩巨型石雕像，高 15.7 米，重 1116 吨，雕像脚下的覆鼎岩突兀险峻，向海中延伸 30 米，将郑成功雕像衬托得更加恢宏磅礴。

笔者原来所在的办公大楼厦门市工人文化宫与鼓浪屿覆鼎岩隔海相望，站在 13 楼办公室窗前，可清晰地眺望这座巨型石雕。但见身着盔甲的郑成功伫立蓝天之下，雄姿勃发地东望台湾，那身后飘舞的披风，仿佛一面当年大军进发台湾时猎猎作响的军旗。

厦门人说，自从这座雕像建成后，侵袭厦门的台风就少了，大都避开绕道而行，是郑成功的巨型雕像起了阻隔、遮蔽之效，是他的英魂在默默地护卫着这座海上花园之城。于是，高高耸立在鼓浪屿覆鼎岩上的郑成功巨型雕像，在不少厦门人眼里，也就成了抵御台风的镇港之宝。

是的，在许多厦门人心中，郑成功就是一位守护他们的伟大神灵。三百多年来，郑成功那民族主义的爱国精神、移孝作忠的儒家精神、创业图治的建设精神、大公无私的治事精神，激励着一代代厦门人前仆后继、建功立业。在厦门集美出生长大的陈嘉庚先生，就是在对延平故垒（集美寨遗址）的缅怀中，受郑成功英雄事迹的熏陶与爱国精神的感染，从小立下为国为民的宏伟志向，顽强拼搏，树起一面受人景仰的华侨旗帜。

除游览郑成功在厦门的遗迹、纪念胜地外，我与厦门友人还专程前往郑成功故乡南安县，在石井镇鳌峰北麓看过南安郑成功纪念馆及郑氏家庙，又马不停蹄地赶往南安水头康店乡郑成功墓地。走错一回道，问了几次路，好不容易才找到了被列为全国重点文物保护单位的郑成功陵墓。

郑成功逝于台湾 37 年后，清朝康熙皇帝下了一道正是这些“以商养战”“通洋裕国”的开放措施，不仅打破了厦门的封闭状态，改变了单一的生产结构，建立了一个将中国与海外连成一体的庞大贸易网络，促进了商品经济的发展，推动了厦门由封闭渔村向开放城市的过渡，而且创建了一种被后人所称道的“延平文化”。

圣旨："朱成功系明室之遗臣，非朕之乱臣贼子，敕遣官护送成功及子两柩归葬南安，置守冢建祠，祠祀之。"对满人昔日征服汉人的最后一道障碍、不共戴天的生死冤家进行大张旗鼓的肯定与褒扬，自然是清廷收买人心的一种伎俩，但我们不得不看到，康熙帝也着实被郑成功的精神与人格深深地打动了。诏书颁发后，他又特地写了一副对联予以肯定褒扬："四镇多二心，两岛屯师，敢向天南争半壁；诸王无寸土，一隅抗志，方知海外有孤忠。"这样铿锵叹服的句子，若非出于本心流露，是断然写不出来的。

不论对内抗击清廷，还是对外驱逐荷夷，郑成功都是一名大义凛然、光照千秋的英雄。

郑成功以一介儒生高举反清复明大旗，不得不面临多种痛苦而艰难的抉择，虽然勉为其难，但他竭尽心智，以一己之力挽大厦于既倾，那种知其不可而为之的精神，令人肃然起敬。他虽然没有完成反清复明大业，但尊其为开山始祖的反清组织——天地会长期致力于他的未竟之业，终于帮助孙中山"驱逐鞑虏"，推翻了清政府……

郑成功的英雄业绩、高尚品质、伟大人格与浩然正气受到方方面面的推崇、热爱与敬仰。在日本，郑成功被神化为大和民族的一种民间信仰，他在平户市的诞生地已成为一处历史圣地，日本人在那里建有延平郡王祠、郑成功庙，立有郑成功及母亲田川氏的青铜塑像；在中国台湾，郑成功是一名家喻户晓的伟大人物，从小学教科书、大学历史教材，到一般政论、社教性刊物，都将他塑造成一位典型的民族英雄；在中国大陆，郑成功的爱国主义精神已成为一种象征，内化为一股强大的民族凝聚力与向心力，正推动着海峡两岸的统一大业走向现实。

马背政权的温情转身

雪　珥

在“民族认同”的基础上，新政权作为“入侵”的蛮夷，其合法性难以确立，但在“文化认同”的基础上，新政权对圣人之制的遵循，能够迅速地获得民众的效忠；而在中国特色的地广人稠、民俗乃至语言各异的背景下，“文化认同”远比“民族认同”更能转换为“政治认同”。

顺治二年（1645 年），精锐的八旗军在 31 岁的豫郡王多铎的率领下，打过长江去，攻击全中国。经过惨烈的战斗和更为惨烈的大屠杀之后，大明帝国的故都南京以及江南的财赋重地，在尸山血海中相继沦陷。

捷报传来，刚刚定鼎北京不足一年的大清帝国自然一片欢腾。但是，年仅 33 岁的摄政王多尔衮并不轻松。多尔衮在掌管这个正在迅速扩展的帝国的过程中，尤其是本以为柔弱温顺的江南人，却意外地成为八旗军征战以来遇到的最为勇敢和坚定的抵抗者，令他越来越深刻地体会到：光靠枪杆子绝对维持不了政权。朱元璋曾说的“自古胡人无百年之国运”，如同一把诅咒之剑，悬挂在他和清王朝的头上。为丰厚的战利品而欢呼的八旗将士，可以不去思考这些，而他，作为 7 岁小皇帝顺治的摄政者和这个新帝国的缔造者，却不能不想得更远。

于是，在“留发不留头、留头不留发”的血腥“薙发运动”的同时，一场宁静、柔和而浩大的政治改革，在新帝国中开始推行，而这将彻底改变这个帝国的国运。

被“绑架”的读书人

新任浙江总督张存仁，原是明朝的宁远副将，后来随祖大寿降后金（清），此次随多铎进攻江南，占领江南后，被任命为浙江总督。

张存仁亲身经历了江南的惨烈战斗，见证了江南人的“玉碎”式抵抗，深有感慨。他给朝廷上书分析道：抵抗者主要是两种，一是读书人，二是农民，而要应对这两种抵抗者，靠枪杆子绝非最好的办法。张存仁提出了两种“不劳兵之法”，这就是“开科取士”和“薄敛劝农”。他在奏折中说：“开科取士，则读书者有出仕之望，而从逆之心自息；行蠲免薄税敛，则力农者少钱粮之苦，而随逆之心自消。”从这份奏折看，这位背叛大明王朝的将军，有着相当的政治敏锐性，清晰地看到了：中国的读书人只需要出路，农民只需要活路，出路和活路都有的话，他们并不在乎高高坐在金銮殿上的人是谁。

时年48岁的内三院大学士范文程也同时上书道：“治天下在得民心，士为秀民。士心得，则民心得矣。请再行乡、会试，广其登进。”这一建议深刻指出，只要抓住了士人这一“精英阶层”，就能赢得民心，而抓住精英阶层的办法，就是通过科举，扩展其进入政权、分享政权的途径。

两位汉臣的建议，被多尔衮欣然采纳。朝廷随即下达了《科场条例》，明确宣布：“考试仍照旧例。初场《四书》三题，《五经》各四题，士子各占一经……二场论一道……三场经史时务策五道。乡、会试同。”同时，下令各地方官举荐山林隐逸。

这是清入关以后，第一次公开招考公务员。一个依然被中原汉人普遍当作外来侵略者的政权，公开地宣示，其各级官员将不仅仅限于“自己人”出任，而是向全社会的精英分子开放。这无疑表明，执掌这个政权的政治团体，正在试图通过扩大执政基础而获取更高的执政合法性，从“一小撮”的“类兄弟会”团体，扩大为全民接受并能在一定程度上参政的团体。这当然是一场涉及根本的蜕变。

其实，这场蜕变，早在关外就已经初现端倪。

皇太极在天聪三年（1629 年），就已经推出了小型的科举。在其发布的诏书上说：“自古国家文武并用。以武功戡祸乱，以文教佐太平。朕今欲振兴文治，于生员中考取其文艺明通者优奖之，以昭作人之典。诸贝勒府以下及满汉蒙古家所有生员俱令考试。于九月初一日，命诸臣公同考校，各家主毋得阻扰。有考中者，仍以别丁偿之。”

这次革命性的科举，最后有 200 人中举。此后，皇太极还相继举行了四次科举。这五次科举成为清王朝在关外时期的扩大执政之基的尝试，表明了这个当时还处于造反夺权阶段的政治团体，已经在为接管政权及进行大规模国家建设做准备。

在八旗入关并占领北京的这一年（1644 年），实行科举就被确定为基本国策。当时，刚刚乔迁紫禁城新居的清帝国，在努力习惯那座奢华的宫殿群的同时，也公开宣示：“定以子午卯酉年乡试，辰戌丑未年会试。乡试以八月，会试以二月。均初九日首场，十二日二场，十五日三场。殿试以三月。”并通过圣旨的方式，为“开科取士”设定了一个相当系统的体制。

新政权的“开科取士”开局顺利，颁布《科场条例》的次年（1646 年），“始行科举法，在京会试举人，以大学士范文成（范文程）、刚林、冯铨、宁完我为会试总裁官。四月举行殿试。取进士四百人。宴诸进士于礼部。定新进士冠服饰。简梁清宽等四十六人为庶吉士”。

中国的读书人终于发现，朝代的更替，并没有断绝他们的出路，“学得文武艺，售予帝王家”，一个买主被消灭了，另一个买主又出现了。

谁同化了谁?

新帝国在宣布公开招考公务员的同时，也在列祖列宗的旗帜之外，扛起了孔子这面更为伟大的旗帜。

建议又是出自为新政权效力的汉人。新任山东巡抚方大猷向中央提出：“开国之初，首宜尊崇先圣。”户科给事中郝杰也提出：“从古帝王，无不懋修君德，首重经筵。今皇上睿资凝命，正宜及时典学，请择端雅儒臣，日译进大学衍义及尚书典谟数条，更宜遵旧典，遣祀阙里，示天下所宗。”他们都相信，通过明确宣告对儒学及孔子的尊重，就能表明执政者接受“普世价值”的决心，从而更多、更早地获取政权的合法性资源。

摄政王多尔衮又是从善如流。小皇帝顺治在皇极门张设御幄，颁诏天下，封孔子第 65 代孙孔允植为袭封衍圣公。顺治二年（1645 年），又尊奉孔子为“大成至圣文宣先师”，军务倥偬的多尔衮亲诣孔庙致祭。从顺治二年（1645 年）到顺治八年（1651 年），短短六年内，清廷共祭孔 14 次，其热情和虔诚，远超之前的历朝历代。

其实，这种对孔子及“圣教”的主动承认和积极接受，在大多数北方少数民族建立的政权中，都是历史的主流，深刻地验证着元世祖忽必烈的名言：“以马上取天下，不可以马上治天下。”

从北魏道武帝拓跋珪登国元年（386 年），至元顺帝妥欢帖睦尔至正末年（1368 年），总共 983 年中兴起了北魏、辽、金和元 4 个少数民族的强大政权，加上清帝国从天命元年（1616 年）至宣统末年（1911 年）的 296 年，这 5 个少数民族政权总共享有了 1278 年“国祚”。它们的一个共同特点，就是在高举着它们各自图腾的同时，也高举着孔子的大旗——这实际上成为其政治上的战斗力的重要来源。这些政权的治下，无一不是多民族的国家，而能够弥合复杂的民族矛盾、文化差异的力量，就是来自对儒教这一“普世价值”的公开接受和大力提倡。

清政权的第一代皇帝努尔哈赤，虽然开始接受儒学的部分教义，但对于汉人中的知识分子，他基本上还是保持蔑视的态度，并认为这些臭老九是造成大明帝国诸多劣政的罪魁。努尔哈赤甚至下令：“察出明绅衿，尽行处死，谓种种可恶，皆在此辈，悉诛之。”

转机开始于第二代皇帝皇太极。令皇太极发生极大变化的，是著名的大凌河之役（1631 年）。在这场战役中，粮尽援绝的明军已经到了“人相食”的地步，却依然“犹以死守”，这令皇太极大为震撼。他在战后发出的谕旨中，认为这是“读书明理”而带来的战斗力：

> 我兵之弃永平四城，皆贝勒等不学无术所致。顷大凌河之役，城中人相食，明人犹死守，及援尽城降，而锦州、松、杏犹不下，岂非其人读书明理尽忠其主乎？自今凡子弟年十五岁以下、八岁以上，皆令读书。

自此，皇太极开始系统地推行儒学的“普世价值”，要让臣民们“习于学问，讲明义理，忠君亲上”。同时，他还下令将《四书》《孝经》等翻译成满文，延聘老师，为自己开办了学习班，日日进讲，于“听政之暇，观览默会，日知月积，身体力行，作之不止，乃成君子”。

如此推崇，早已超越了将儒学作为“统战工具”的权宜之计，而是真正接受儒学的价值体系，这对于基本信奉萨满教的女真族来说，无疑是一次宗教、思想乃至政治的大解放运动。价值观层面上的“儒学化”，促进了政权层面上的“中国化”，为今后接管全国政权奠定了基础。

随后，皇太极建立了文馆，命儒臣分别值班，又效法明制，设立吏、礼、户、兵、刑、工六部；随后又将文馆扩大为内三院，职掌制定军国大政、出谋划策和出纳王命等；并推出五场科举，进行“开科取士”的实践尝试……大清终于“渐就中国之制”。

在关外时期皇太极就已经开始祭孔，但无论规模和规格都很小，亦可算作祭孔的“实习”。入关之后，面临着新帝国“一统江山”的征战和建设压力，祭孔就具有了更为现实的意义，作为“道统”具体象征的孔庙，则成为大清领导核心最重要的获取执政合法性资源的地方。

入关后的祭孔，中枢并非仅仅派人出席，而是由摄政王多尔衮和顺治皇帝亲临祭祀，这成为此后清代帝王的首要工作之一。到顺治十四年（1657 年），顺治皇帝将皇太极时的“进讲”制度化，实行“经筵日讲”。听儒学学者讲解儒家经典，自此成为清代帝王的日常功课。到了康熙朝，更是为帝王祭孔树立了典范，“开万世之文明，树百王之仪范”，“朕今亲诣行礼，务极尊崇至圣，异于前代”。

这种对圣人旗帜的继承和高举，显然更合理也更高效。

最后的皇家“身份证”

在高举孔子大旗宣示普世价值、推行科举扩大执政基础的同时，入关前后的清朝一改当年颁布“七大恨”时对明朝的敌视，开始全面塑造自己作为明帝国，乃至中原历代“正朔”接班人的新形象。

尽管当时的高层智囊团已经从中原动荡中看到了更多的机会，并希望清政权能超越此前的狭隘目标，但在李自成占领北京之前，清朝还是以明朝的敌人的面孔出现的。在甲申年出兵讨伐明朝前，范文程向多尔衮劝谏道：

> 中原百姓蹇离丧乱，备极荼毒，思择令主，以图乐业。曩者弃遵化，屠永平，两次深入而复返。彼必以我为无大志，惟金帛子女是图，因怀疑贰。今当申严纪律，秋毫勿犯，宣谕进取中原之意：官仍其职，民复其业，录贤能，恤无告。大河以北，可传檄定也。

这为多尔衮描绘了一幅美妙的蓝图：如果能胸怀大志、严明纪律，至少可以割据黄河以北的半壁江山。

但是，这种劝谏对已经习惯了游击劫掠的八旗军来说，并不起作用。

转机很快就出现了。李自成攻破北京、崇祯皇帝吊死煤山后，正在养病的范文程被多尔衮紧急召见，他为多尔衮分析说：

> 闯寇涂炭中原，戕厥君后，此必讨之贼也。虽拥众百万，横行无惮，其败道有三：逼殒其主，天怒矣；刑辱绅，拷劫财货，士忿矣；掠人赀，淫人妇，火人庐舍，民恨矣。备此三败，行之以骄，可一战破也。我国上下同心，兵甲选练，声罪以临之，恤其士夫，拯其黎庶。兵以义动，何功不成？

又说：

> 好生者天之德也，古未有嗜杀而得天下者。国家止欲帝关东则已，若将统一区夏，非安百姓不可。

这是一篇大清特色的“隆中对”，要求对大清的根本战略做出改变：抓住李自成“涂炭中原，戕厥君后”

的良机，将自己从明朝的敌人，转变为明朝的继承者，通过讨伐“闯寇”，争取入主中原。

这次，他的建议得到了采纳。多尔衮向八旗军发出军令：

> 此次出师所以除暴救民，灭流寇以安天下也，今入关西征，勿杀无辜，勿掠财物，勿焚庐舍，一不如约者罪之。

这种“三勿政策”，对八旗军来说，是一次根本性的变化。

范文程则起草了给明朝军民的布告：

> 义师为尔复君父仇，非杀尔百姓，今所诛者惟闯贼。吏来归，复其位；民来归，复其业。师行以律，必不汝害。

这道命令和安民布告，宣告了大清定位的彻底改变，自此，能征惯战而冷酷残暴的八旗军，开始以正义者的面目出现，这种“不战而屈人之兵”的思想武器，与八旗军的马刀一样，成为其进军全中国的利器。

有了“主义”的军队，其战斗力果然更为强悍。八旗军仅在石河与李自成的“大顺军”打了一场硬仗，随后便兵不血刃地占领了北京。根据朝鲜使臣的记载，在清军的入城式上，“都民燃香拱手，至有呼万岁者”。

攻克北京后，范文程建议多尔衮为崇祯皇帝隆重发丧，“安抚孑遗，举用废官，求隐逸，甄考文献，更定律令，广开言路，招集诸曹胥吏，徵求册籍”。他们还发现，明朝最新的赋税账簿，已被李自成毁去，只剩下万历年的老账簿，如果按照老账簿征税，税收要少很多。有人建议立即要求已经控制下的各省补交新册，范文程阻拦说：“即此为额，犹虑病民，其可更求乎？”多尔衮采纳了他的建议，就用万历年的账簿征收赋税。

在清军南征过程中，江南之战极为惨烈，清军采取了大屠杀的威慑手段，如著名的“扬州十日”与“嘉定三屠”等。而在血雨腥风中，有一条纪律被死死地遵守了，那就是保护好南京城外的明孝陵。明孝陵是明代开国皇帝朱元璋和皇后马氏的合葬陵墓，多尔衮需要它作为政战武器，以便在战争和屠杀之后收拾残局、重聚人心。后来，康熙皇帝几下江南，都到这里祭奠明太祖，行三跪九叩的大礼，目的就是宣示，其江山并非夺自明朝，而是夺自“戕厥君后”的李自成，大清则是“为君父报仇”的义师。

在严令保护明孝陵的同时，清廷还下令，今后祭祀历代帝王时，追加辽太祖、金太祖、金世宗、元太祖，这是一种强烈的信号：“中国”道统的创造者和维护者中，不仅仅有汉族的君主，还有其他民族的君主。自此，以“辽—金—元”为正统谱系，成为乾隆之前清王朝的主流。而到了乾隆年间，情况发生了根本的变化。乾隆继承了元明之际杨维桢在《宋辽金正统辨》中的观点，以元承宋为正统而排斥辽、金，以“大一统”为标准，将大清的正统接续宋、元、明而非辽、金、元，与传统的中华正统相衔接。但同时，他不仅继续祭祀辽金诸帝，还增祀两晋、元魏、前后五代诸位非正统君王，以体现“治统”的多元性。自此，“道统”的一脉相承（宋、元、明、清），与“治统”的多元，成为清朝贯穿始终的国策。

百年宿命大逆转

入关之后，尽管有大规模屠杀，尽管有残酷的“发易服”，疑虑重重的“被征服者”却也看到了：这个发胡服的新政权，尽管依靠枪杆子夺得了政权，却在积极迎合传统，以期获得执政合法性资源。新王朝依然信奉或者至少标榜自己信奉“圣人之制”，它所要建立的，不是一个根基于外来意识形态之上的陌生的新政权，而是一个根基于传统价值观之上、结合了八旗特色的旧政权。

公开招考公务员、扩大执政基础的政策成效卓著。自顺治三年（1646 年），新政权在大中国地区首度恢复科举之后，圣人圣教的大旗，就有效地战胜了“反清复明”的小旗，不少抵抗战士重新拿起书本，准备在新政权中谋取自己的用武之地。当年著名的复社领袖、曾为史可法起草给多尔衮的信的侯方域，也加入了新朝的干部行列，有人写诗嘲讽他说：

> 圣朝特旨试贤良，一队夷齐下首阳。家里安排新雀帽，腹中打点旧文章。当年深自惭周

粟，今日幡然吃国粮。非是一朝忽改节，西山薇蕨已精光。

这种情绪性的冷嘲热讽，恰恰证明了当时“一队夷齐下首阳”的盛况。

当然，科举、祭孔、祭朱这些低调、温和且浩大的改革，在清政权内部也遭到既得利益集团的反对。

顺治皇帝 14 岁亲政不久，将已经去世的多尔衮批倒批臭，一些满人贵族乘机要求恢复祖制，但被顺治坚决顶住。在与范文程讨论历代帝王的历史地位时，顺治通过对朱元璋的高度评价，表明自己推行所谓“汉制”的决心：“朕以为历代贤君莫如洪武。何也？洪武所定条例章程，规划周详。朕所以谓历代之君不及洪武也。”

但是，以济尔哈朗为首的辅政四大臣极为保守，担心“渐习汉俗”会损害大清的整体利益，推行“率复祖制，咸复旧章”，要求回到“淳朴旧制”中去，撤销翰林院，废除八股科举取士制度，并罢黜、放逐乃至处决了一些主张改革的官员。

顺治帝最后不得不做出一些让步，比如遵守入关前的约定，给八旗有功将士配备奴隶。但是也采取了一些渐进的改革，约束八旗的“淳朴旧制”，如采用“编审人丁”的办法，对全国进行人口普查，编列户口册，这既为国家征收赋税做准备，也将平民的身份确认清楚，避免他们被逼勒为奴。康熙继位之后，守旧的势力曾一度坐大，而在康熙亲政之后，终于完成了多尔衮、顺治推行的“汉制”工作，并且以其雄才大略，实行得更为游刃有余。科举方面，康熙创造性地开设了“博学鸿儒科”，将科举的“统战”功能发挥到了极限，成功地瓦解了最后一批明朝遗民的对抗心理；祭孔方面，康熙是第一个亲临曲阜祭祀的清代帝王，也是第一个给孔子行三跪九叩大礼的帝王；祭朱方面，康熙也开启了清代帝王亲临明孝陵祭奠的先河。

在科举、祭孔、祭朱这三大举措中，通过科举扩大执政基础是中心。

科举制度超越了种族、门第、血缘，而构建了精英阶层乃至全社会的统一信仰、统一文化，这对整合社会各个阶层，维护大一统的国家稳定，有着关键的政治作用。这一制度在官、民两极化社会中，制造了新等级——

“士人”或者“士绅”，起到承上启下、维持政权和社会整合的作用，成为社会的平衡器。这个阶层进则为官、退则为绅，有效地整合、协调着上、中、下三个阶层的利益。这对于大清来说更有现实意义，能有效地规避其先天带来的民族问题，用以平衡其远较之前任何汉族政权都更为复杂的官民关系。

士、农、工、商，是构成中国平民社会的四个阶层。这“四民”中，与“官”相接的就是“士”，而科举制度就是为农、工、商进入“士”，并进而进入“官”提供了渠道，缩小了农、工、商“三民”之间的相互差异，使其统一于读书应考这个共同的理想之下。

相比注重血缘的世卿世袭制、注重品德的察举制、注重门第的九品中正制，科举制度为平民阶级提供了性价比最好的参政议政机制，更为公平、公正和公开。草根阶层得以“怀牒自进”，有作为一定能够有地位，可以实现“朝为田舍郎，暮登天子堂”的向上迈进的理想。

清初确立的这场以科举、祭孔、祭朱为内容的宁静的政治改革，是清政权与时俱进的产物。

从关外时期的以“民族认同”为主，通过这场改革，转变为以“文化认同”为主，这是大清执政者在军事占尽上风的情况下的主动改革，实现了其从造反者、入侵者向执政者、道统继承者的转变。而这一改革也被证明了颇具远见，收获颇丰：在“民族认同”的基础上，新政权作为“入侵”的蛮夷，其合法性难以确立，但在“文化认同”的基础上，新政权对圣人之制的遵循，能够迅速地获得民众的效忠；而在中国特色的地广人稠、民俗乃至语言各异的背景下，“文化认同”远比“民族认同”更能转换为“政治认同”。

两百年后发生的太平天国运动，虽然起事者以“民族认同”相号召，却因为其推崇变异了的所谓基督教，背离了传统的“文化认同”，而遭到了致命的打击；曾国藩、左宗棠、李鸿章等为首的湘军、楚军、淮军等汉人武装，对太平天国的有效剿杀，名义上是“勤王”，实际上却是“卫道”，从“文化认同”的角度，太平天国恰恰是“其心必异”的“非我族类”。

清初这场推行“汉制”的改革，实际上就是一场政治改革。清政权因此得以接续中华帝国的道统合法性资源，以“文化认同”来抵消“民族不认同”，并以更为完善公正、纪律森严（清代的科举执法最为严格）的科举制度，扩大了执政基础，最终突破了“自古胡人无百年之国运”的宿命。

康熙前往总督署

张国擎

康熙大声疾呼道："明朝失在腐败，元朝败在异治！我朝今之买官卖官的行为难道不在步他们后尘吗？诸位可能忘记大清是怎么得来的了。"他提高嗓门喊道，"是靠汉臣得来的，是利用了明朝的腐败得来的……"

民间与野史均称康熙下江南是为游山玩水，而事实上，康熙之所以能在历史上可圈可点，与他几次南下分不开。他下江南，远皇城，现场办公。其中最大的目的是调和满汉矛盾！这才是康熙南下的真正目的与历史留给我们的真正原貌！

——题记

康熙为悼念良臣而南巡

说起清朝皇帝南下巡视，莫过于电视剧里热闹的故事。而真正使康熙南巡绝对不是电视剧里说的那样。有一种说法是：康熙为良臣南巡！

根据南巡记录：康熙二十三年（1684年）九月第一次离开京都南巡。据史载，随行有富察·米思翰之子，富察氏、乾隆元妻孝贤纯皇后的伯父富察·马齐以及汉臣高士奇；当然还有电视里曾经出现的叶赫那拉氏家族的纳兰明珠。说到明珠随行，据说是他自己厚着脸皮求来的！

康熙久有南巡意愿，只是总不能离开。一个人的去世，引发了他南巡的决心。这就是为良臣南巡说法的由来。其实，真不完全是这么回事。事实如何？还是慢慢道来吧！

这年的四月十八日（5月31日），两江总督于成龙病故在位上，消息传到京城，康熙震惊之余，急传江宁巡抚王新命赴京。

在康熙的印象中，于成龙少有大志，明崇祯十二年（1639年）举副员，清顺治十八年（1661年）出仕。时已44岁的于成龙，不顾亲朋的阻拦，抛妻别子，怀着“此行绝不以温饱为志，誓勿昧天理良心”的抱负，到遥远的边荒之地广西罗城为县令。当时的罗城，由于局势未稳，两任知县一死一逃。于成龙到时，遍地荒草，城内只有居民六家，茅屋数间，县衙也只是三间破茅房。他只能寄居于关帝庙中。一同赴任的五名从仆因困境难熬，不久或死或逃。唯有他以坚强的意志，扶病理事，将一个盗贼遍地的罗城治理得井井有条。康熙十八年夏（1679 年）于成龙在按察使任上第三次举“卓异”后升任省布政使。福建巡抚吴光祚作专疏向朝廷举荐，称于成龙为“闽省廉能第一”。第二年康熙“特简”于成龙为畿辅直隶巡抚。这个于成龙真的一下子就不知道天高地厚了，竟然在这年冬向康熙密奏：“官已被纳兰明珠和余国柱卖完。”

康熙惊愕。明珠，论辈分是我这个皇帝的堂姑父啊！你说这话，难道你想……后面的话连跳出嗓子的念头都压下去了！他坐在那里迅速在脑子里扫描了明珠一番。明珠，叶赫那拉氏。祖父叶赫那拉 · 金台吉是叶赫部统领，曾联合九部联军征讨建州女真，后在征战中败亡。父亲叶赫那拉 · 尼雅哈率领叶赫部投降努尔哈赤，被授予佐领官职。金台吉的妹妹孟古哲哲是努尔哈赤的妃子、皇太极的生母。明珠娶英亲王阿济格之女，朕就是明珠的堂侄！

康熙自然还记得接位初年，明珠担任侍卫、治仪正，不久后升迁为内务府郎中，五年（1666 年）任弘文院学士，开始参与国政。七年（1668 年），明珠奉命调查淮扬水患，凿黄河北岸河道引流。不久，明珠被任命为刑部尚书。九年（1670 年）加封都察院左都御史，担任经筵讲官。十一年（1672 年）改任兵部尚书。十二年（1673 年），康熙到南苑晾鹰台巡视八旗兵，明珠提前颁布教条训练士兵，等到检阅之日军容庄严整齐，康熙非常赞赏他的才能。

康熙还特别能记得的是，在撤藩事件中，大学士索额图请求处死倡议撤藩的人，被康熙拒绝，称："这是朕的旨意，他们何罪之有？"待到三藩平定，康熙对大臣们说之前商议撤藩，只有明珠做事符合自己的想法，并称："当时有人建议诛杀倡导撤藩的大臣，朕若是听信了他们，就让（忠臣）含冤九泉了！"

这样的好官，十四年（1675 年）调任吏部尚书。十六年（1677 年）被授予武英殿大学士，其间担任实录、方略、一统志、明史等重要皇家著述的总纂官，不久后加封太子太师，权倾朝野。

如此好官，你这个清官就不能容？不！你一定有你的道理，请细细道来。康熙示意左右全部退离。空旷的大殿上，就只有君臣二人。

康熙并不知道明珠在成为朝廷重臣后独揽朝纲，表面上为人谦和，实际利用皇帝的信任结党营私，甚至贪污纳贿。

现在，于成龙的弹劾，让康熙看到了明珠可怕的另一面，但他还是怀疑于成龙是不是出于“私”！他这么想，不是没有道理，十六年（1677 年）的那件事涌现眼前——

这年，靳辅担任河道总督，只在上游修筑堤坝约束河流，任下游自行畅通。于成龙等人建议疏通下游，与靳辅产生分歧。康熙以“便民”“不害百姓”为由认可于成龙的观点，而明珠却坚持己见，称：“虽然于成龙为官清廉，但治水之事没有太多经验。靳辅担任河道总督很久了，而且治河有功，应该听从靳辅的建议。”由于两位满臣大员的相互扯皮并各相制约，造成康熙亲立的疏浚下河工程历时两年未能完工。细察秋毫的康熙察觉到了明珠在朝中与索额图的不和影响到国家的大计大事，本想惩治，但他们都是满臣要员、皇亲国戚，动弹不得，只能忍下。现在，于成龙句句是事实，件件有根据的弹劾，康熙醍醐灌顶般清醒过来：索额图与明珠都是满臣中的大鳄！一个索额图是生性乖张，朝中有不依附自己的大臣就立即排挤。一个明珠则为人谦和、乐善好施，擅于拉拢朝中新进，对政敌则在暗地里构陷。

康熙从坐到这龙椅上就目睹满臣大员与皇亲们的胡作非为，也深知任纵满臣这样下去，政权早晚如元朝一般几十年寿终正寝！惩治满臣，谈何容易！毕竟江山是满臣打下来的。治了他们不就等于把政权又还给汉人了？

于成龙有段话让他心惊肉跳：皇上，元亦异族主政中原，正是元帝纵容，视汉为肉欲之物，故数十年烟消云散，至今何处可寻突厥？若得皇业千秋万隆，非满汉精诚一体，赤诚所致而别无他道……

君臣两人的现场，沉默了很久。

于成龙明白，明珠毕竟是皇上的堂姑父啊！再则，满洲人自认为高贵的血统不可能因为你的弹劾就结束！打断骨头连着筋，人家毕竟是满人啊！想到这里，于成龙见康熙无语，再次提出，目前时机尚不足，臣请圣上缓治。

康熙点头，亲自起身下阶，双手拉起于成龙，告诉他，在这里说的事儿，给朕一点时间想想。事后，康熙还是决定向汉臣高士奇私下询问于成龙密奏之事，他这样问高士奇的："这皇族之众，竟无一人清醒吗？为何偏偏汉臣参劾？"高士奇说，皇上如果真想问，臣回答。康熙坦言："朝中满臣背着朝廷无法无天，天下不可忍，而只有于成龙敢站出来说话！你们为什么不敢？"高士奇："人谁不怕死？只要一顶帽子，就能让千百万汉臣掉脑袋，而汉臣掉下脑袋之时，也是清政权结束之刻！"高士奇补上一句："于成龙想用一人脑袋替代千百万无辜！"此人不仅仅是清官，不仅仅是清官啊！

康熙顿悟。

翌年春，康熙召见于成龙于紫禁城对策。这次是康熙主动说到明珠的事，于成龙这样回答康熙："国家之安危由于人心之得失，而人心之得失在于用人行政，识其顺逆之情。"如何兆示人心所向，于成龙告诉康熙，压邪须先扬正气，使天下人心有所向、有所依，方可有所信！

康熙明白了于成龙所说“以一夫不获曰予之辜，以一吏不法曰予之咎，为保郅致政之本”的道理，当面褒赞他为“今时清官第一”，并“制诗一章”表赐白银、御马以“嘉其廉能”。未逾两年，出任两江总督。

……

思虑至此，康熙抬袖抹泪，对天长叹：朕想不到他这么快就离朕而去。当王新命汇报到于成龙去世时木箱中只有一套官服，别无余物，连安家与下葬的费用均无的情况下，康熙再次忍不住抬袖抹泪。王新命告诉皇上，于成龙去世消息传出，南京男女老幼，商贩僧侣皆痛哭流涕，纷纷到江宁府与两江总督署跪求为于成龙塑雕像祭祀。

朕去江南巡视，顺道去看看他！康熙说着，并表示要去谒拜明孝陵，毕竟有近三百年王业，朕要看看去，听听人们怎么说那个朱元璋的。

康熙二十三年九月，玄烨正式启动现巡。十一月至江宁，立刻前往两江总督署。两江总督王新命知道康熙要来，早就准备好了于成龙生前的一切遗物，陈列于夕佳楼里。嘱咐将于成龙保存的文章材料搬过去，以备皇上翻阅。为方便查阅于成龙留下的资料，康熙拒绝了王新命的安排，在于成龙生前住的简陋侧房里下榻。数天之内，只要有一点点空隙，康熙就翻阅于成龙留下的案卷与文章，卷卷章章，皆令他感慨万千。有一天，康熙无意间看到《明史案》卷宗副本，他怎么也想不起来这个案件。急呼高士奇询问，原来这是在康熙接位第二年经辅助大臣鳌拜处理的大案，当时牵动了整个朝廷。后来的“南山案”也是他登基初年发生的“文字狱”。就是这两大案，如果不是前两年处理“朱方旦案”时，明珠曾经提到了这两个案，康熙怕是永远不会知道并回忆起来的。正是明珠的提醒，康熙这才命明珠全权去处理。现在阅读了登基初年发生的这两大“文字狱”，深知了真情，更能理解那一刻有人敢说：“皇上的满汉一家亲，说的一套，做的还是伤汉臣心的一套！”看来，大臣私下那番非议，也是情有可谅的事啊！“文字狱”真正伤了汉臣啊！如果早能看到这些卷宗，当时就不会让明珠去处理“朱方旦案”，给了他再次庭前“指鹿为马”的表演！

现在，康熙不得不重新认真地读这些卷宗，从中悟出点什么。突然，康熙发现卷宗有于成龙的批注，甚觉奇怪，他在这上面批文是什么意思？“‘武征天下，文治世界，维仁者以心平宇宙。’皇上尚不足十岁，若年长，焉可任如此妄开杀戒！”是啊！那年，朕实龄才八岁啊！他又思索，此卷宗如何在此？再读下去，原来这卷宗是当时的江南总督马鸣佩所留下来。他依稀想起来了，马鸣佩是鳌拜的人，也是鳌拜一直想让他接手任两江总督的人选，只是首辅赫舍里·索尼坚决反对，加上玄烨本人的立断，才让郎廷佐走马上任。如果让马鸣佩当了两江总督，结果会如何？康熙站起来看看窗外的夜色，夜色没告诉他答案！

康熙看到门外站着的不是卫士，便问谁在？

“是微臣。”高士奇答。

“明珠在吗？去喊上他，一起去于成龙祠堂！”康熙吩咐完，开门问高士奇：“于成龙的坟墓在哪里？”高士奇说，“微臣问过，还没下葬，在祠堂里停着。”

康熙拔腿就走，那就去祠堂！

“这边走！”后面传来明珠的声音，“请皇上这边走。

于成龙置棺的祠堂，下官刚才去看过，长明灯不熄，天天都有江宁耆老守夜……”

“你总是那么乖巧啊！”康熙诧异地看看明珠嘀咕一句，接着说道，“让耆老守夜？谁的主意，王新命呢？喊他来！不！今天就不要打扰他了。记住，一定不能让老人守夜。你去传朕的意思。”明珠刚要走，又被喊住，“不必了，我们去看看，不要惊动他们。”走了一段路，康熙回头问明珠：“你总说有人想取朕而代之，我问你，今晚我们去，会有人知道吗？”明珠想了想：“应该不会吧，圣驾临此，消息也没这么快，再说了，谁会想到您借这半夜的黑幕去看一位死人？”

“那就好。”康熙说着，看看身边一群卫士，又吩咐只要三个人就行。

明珠在前面带路，一行五人从西花园走到东花园。奇怪的是明珠没有直接从两江总督署大堂前走近路，恰从太平湖绕到今总统府后面的行政院东面，又回走一阵，在后来做过太平天国天王府北的地方停下。这里曾经是关帝庙，郎廷佐重修的。现在成了于成龙祠堂！

康熙一行进入，并没人认出康熙。这些南京的耆老默契地看着康熙上香，作揖的仪态举止上认出他们是来自京城的要员。特别是看见康熙上过香，并不下跪而是合掌作揖。有人大胆地问：“那位大官，难道于总督还不值你一跪？！”明珠喝道：“大胆，我家主子只拜天！”康熙摆摆手，立刻下拜于成龙！众人顿时吃惊。祭拜完毕。康熙回过身来，问耆老们：“你们可知这个人？”

耆老们七嘴八舌说了一通。

康熙摇摇头：“非也。此人，天下第一清官。清在自身是二。以天下为重，以民生为重胜过自家性命，这才是清官中的高品。唉！可惜这样的人当下太少了。”

耆老们见康熙如此评价，场面顿时热烈起来，有人上前道：“您既然很了解于成龙，请您说说于总督旧事一二。”康熙倒也不客气，说了于成龙在福建上任伊始，发现当地官僚借朝廷“海禁”政策，动辄以“通海”罪名兴起大狱，从中私捞，使许多沿海渔民罹难，甚至殃及妇女孺子，民不聊生。他坚决主张重审、翻案。报至朝廷，皇上同时也接到许多反对于成龙重审的折子。皇上没有轻信任何人，而是召见于成龙。于成龙说：“皇天在上，人命至重，吾誓不能咸阿从事！”在他的力争和主持下，先后使千余名百姓免遭屠戮而获释，贫困不能归者还发给路费。“你们知道吗？他发给的路费是他自己的俸粮！他的家人还在吃糠咽菜啊！就这样的好官，朝廷里得不到大家的赏识，他在按察使任上向皇帝奏本，说有权的官……”康熙直指明珠，“都把天下官职按职论价卖光了！”明珠见康熙当着百姓面指责自己，吓得两腿直晃，就差下跪喊皇上饶命。康熙嘴里说着，眼睛瞪着明珠，明珠这才如醍醐灌顶般明白皇上是在“演戏”，心里七上八下地直喊：“稳住，皇上在说词儿哩！”当康熙借于成龙口向耆老们说，皇上要按于的奏本治治这些官员时，“……你们知道他说什么？他说，还不到时候！还不到时候……谁能知他的苦心！谁能知他的苦心！”

康熙那振聋发聩的声音还在梁上绕着，整个关帝庙里鸦雀无声，等耆老们从恍如隔世中“醒”来，再看于成龙灵柩前，刚才站着的数人却人间蒸发了。大家十分诧异之中，门外步入两江总督王新命，告诉大家，刚才皇上来过了，他留下话，请各位早早回去休息，守夜之事由年轻人来做。大家“啊”地嚷开了，纷纷道喜相庆：

“我等有福啊！大清天下有幸啊！皇帝好英武啊！……”

这时的康熙与明珠坐在夕佳楼里，面对着于成龙的遗物，康熙公开提出了明珠的事，希望明珠能够“自省”。明珠之聪明，在那个时候的清廷里还是少有的，他承认了自己的错误，退赔出赃款，举报了其他人的罪行。康熙处理了一些官员，对于明珠这样的首犯，念在皇亲分上，并没太追究，只是降了一些薪而已。有人说，清帝能做到这样已经不易了，换个皇上，怕又是一批汉臣遭殃啊！康熙对“文字狱”开始有了些清醒，他向明珠表示“非朕难以入咽，均不该那么对待”！这一点，后人也注意到了，康熙正常执政期间，“文字狱”确实有所收敛。康熙五十年（1711 年）“南山案”的出现，康熙认为：戴名世身为翰林编修，从事皇家史书的大业，焉可与“政府”唱对台戏，当令严惩。此案殃及牵连三百余人，其中有著名大学问家汪灏、方苞、王源等。但康熙只治了戴一人罪。可见在阶级与阶级之间，复辟与反复辟之间，还是毛泽东说得对：不是东风压倒西风，就是西风压倒东风！康熙在这个问题上没手软。后来的继承者，大都承袭了康熙这一风格。而民间说唱艺人徐抟将说唱的方法写历史，用今天那些戏说历史的电视剧嘲讽清廷，本该大罪，遇上 62 岁的玄烨，情况变了，只是本人斩首，而不是动辄千人之亡、九族遭殃啦！

……

年仅 31 岁的康熙利用于成龙的去世，将两江范围内已经退仕在家的及现任的官员统统召到两江总督署，于大堂之上，自己站在堂上，众官员一律下跪于地，聆听他长达两个时辰（4 小时）振聋发聩、酣畅淋漓的演讲！

所有的官员都注意到了康熙的讲话里，从头到尾都讲的是得江山易，守江山难，难在哪里？窝里斗！明朝本不该这么快地垮了，就是窝里斗。我朝能兴，初依汉臣，中兴还是靠汉臣！希望满臣官员注意到这一点！也希望汉臣官员放心，这个大清王朝是满汉兄弟共有的。因为她本身的得来就有汉臣不可磨灭的功劳……

这话，满臣汉臣都听得张口结舌，连呼吸都停住。这可是从来没听到过的话啊！在京城里，谁敢这么说！这天下是满臣打下来的，怎么到了玄烨这里，就成了满汉兄弟共同打下来的啦！莫非天要变了？

“是的，”康熙说，“我们要变一变天，要变成满汉共同拥有的蓝天白云、青山绿水，让我们大清政权万年基业不朽！”

康熙当场表示要给于成龙立祠，亲自给于成龙写碑文。同时宣布终年 67 岁的于成龙，谥“清端”、赠太子太保。

康熙没有失言，在三十一年（1692 年）九月初三日完成了六百字的于成龙墓前碑文。至今我们仍然能够看到。

人们这时才朦胧地感觉到，玄烨这个皇帝啊，他想做与前人不同的角色！

尊史则久安长兴

在给两江官员上过课后，康熙马不停蹄，率大家去谒明孝陵。多铎当年对明遗臣遗民的屠杀列列在眼前，众人都不明白，你怎么又能去谒明太祖呢？康熙一路无语，去明孝陵的路有好几条，康熙细细地问明王新命，明代谒陵的规矩。王新命不知道康熙的意思，并没有认真，这让康熙很不高兴，亲自让高士奇拿出谒明祖陵大礼程序。他率两江范围内的大大小小官员依明律从神烈山碑前进入，下马坊前，康熙亲自做出榜样，出轿步行；众文武百官下马随后，沿道通过大金门，谒四方城碑，进入明孝陵……

据后人撰文称：康熙在明太祖墓前大大地颂赞了朱元璋，并表示应该在这里立一碑，以表明清廷对朱元璋的肯定与敬重。当然，撰文认为这是康熙看出朝廷里满汉众臣之间的矛盾危机，汉臣中的“明朝情绪”未彻底清除，谒明陵而试探汉臣情绪。事实上，文韬武略均盛的康熙是尊重历史，谒明陵表明自己真正尊重历史，承认大清是沿袭了中华民族数千年封建帝制。康熙有句名言：尊史则久安长兴。

为表明这一态度，康熙在他下榻的行宫（今总统府内）写下了“汉武唐韵”四字。但不知为何，他题的许多字，有好几幅立刻就着手“公开”了，唯有“汉武唐韵”带回了京城。

康熙人还没回到京城，那“满汉兄弟论”已经在朝内闹得沸沸扬扬。依礼玄烨回京，第一应该去的地方是孝庄太后那儿，内宫也有话过来，要他一回京就去孝庄太后那里。康熙何等聪明，他知道这番回京不会太平，故意在京城外遛了一阵子，直至天黑才回京。这天黑后的回京，首先争取到的是不先去孝庄太后那儿，而是去陪老婆。康熙的皇后孝诚仁皇后已经于十年前去世，辅政大臣一等公遏必隆之女钮祜禄氏于十六年（1677 年）八月封为皇后，此时也已经不在了。贤惠的佟佳氏生了女儿，女儿才数月，康熙不喜欢哺乳期的女人，自然就不会去。再说，佟佳氏三年前晋为皇贵妃，而不是皇后，可以不急着去。还有一个他喜欢的女人，那就是德嫔乌雅氏，可她也是奶水渍渍地正喂着他的九女温宪公主。

上哪儿去?

依清宫的规矩，太监可以奉上名册，由皇帝自己翻牌子（又称名帖），当然，事先贿赂太监，这个时候的太监就可以“左右皇上”了。但今天，皇上不能这样做，他应该去的地方必须是册封过的现存的排在最前面的，可能替代皇后的女人那里。依这规矩，只有佟佳氏。佟佳氏是康熙生母孝康章皇后的嫡亲侄女，康熙的表姐，为人贤惠而多智。

康熙到了佟佳氏那儿，先看了女儿，然后与佟佳氏说说话。在只有两人在场的屋里，佟佳氏还是提醒了康熙，问他为什么在江宁提“满汉一家亲论”，还有什么满汉兄弟什么的？什么话不能讲，要讲这，这江山难道不是满臣打下来的？康熙反问她：“你难道没察觉到这一朝之中的风气！瞧不起汉臣，却暗中受着汉臣的行贿，败着祖宗的家业！如此下去，顺治世祖创下的大清基业能超过元朝吗？才 40 年啊，本朝危机已经四伏！朕反复思考，这江山如何得来的？就是汉臣的相助！没有汉臣，何来大清。排斥汉臣，物极必反，元朝就是明镜。”随即，他吟起唐太宗李世民于唐贞观十七年（643 年）的名言：“夫，以铜为镜，可以正衣冠；以史为镜，可以知兴替；以人为镜，可以知得失。”接着说，“史为镜，朕就看元；人为镜，这镜让人照了变形。变形也不是坏事，可知得失。”佟佳氏以为说的是她的父亲佟国维一族，脸色顿变。康熙看出来了，赶紧安慰道：“我说的是明珠，朕已经教训过他了，这个聪明的明珠该明白了。但是，朕说的满汉一家亲的想法，你要好好地说给我的那个舅舅、老岳父、侍内大臣听听！”佟佳氏赶紧离席下跪受命！

这一招很有用！

第二天，康熙去见孝庄太后。孝庄太后已有准备，索额图等大臣都到了，论起来，康熙要喊一大遍伯伯、叔叔、舅舅的。搁平时，他是皇上，你们都是臣子。到了太后这里，那就倒过来了，他得喊，还得喊亲切些，让大家热热闹闹。热闹过后，言归正传。这言归正传，情况就突变了。孝庄太后把脸一放道："在这里的，除高士奇，其他都是你的长辈，动家法也是应该的。你们说，是不是？"孝庄太后这一威严举动，换个人，早就吓蒙了。站那儿的个个都是大清一等公，人人都可以向康熙发威。现场虽无人接孝庄太后的茬，但脸上的神色都摆着……当孝庄太后嘴里喊出："岂能让你将先祖列宗汗水打下来的江山，揖让出去！诸位大臣，你们说话！"

索额图第一个表态："太后做主的事，我等拥护。"

众人一一表态，只有明珠与高士奇没吭声。

孝庄太后厉声道："尔等还想做什么？"

明珠跪道："奴才有句话，不知该不该说！"

孝庄太后："讲。对了，你随他南巡，这事儿也有你的份！”

明珠：“请允许皇上说说自己的想法，话不说，不明。事理不明，必起反用。皇上不讲话，就这样做，传出去，天下人怎么看？”

“放屁！明珠你算老几，这里有你说话的份儿吗？”索额图吼道。

孝庄太后摆摆手：“明珠说得有理，玄烨，你可以说说你的理由！”

康熙便把明珠卖官一事抖出，并指出这不是明珠一人之为，是大清满臣人人都在做的一件事。康熙大声疾呼道：“明朝失在腐败，元朝败在异治！我朝今之买官卖官的行为难道不在步他们后尘吗？诸位可能忘记大清是怎么得来的了。”他提高嗓门喊道，“是靠汉臣得来的，是利用了明朝的腐败得来的。那时，我们痛恨腐败，提倡清廉，曾几何时，清廉到哪儿去了？腐败开始蚀透我们的骨髓！……”

振聋发聩的声音，惊得孝庄太后一跳一跳的。那些个公爵王孙脸上一阵红一阵白。等康熙发泄完了，一个个像霜打的茄子，全耷拉下了脑袋。毕竟孝庄太后是孝庄太后，她的心里很清楚。她看看苏麻喇姑。苏麻喇姑可以说是康熙的保护神，她是唯康熙之命是从的女人。大家在这场乱哄哄的场景里，她是唯一保持清醒的人。当孝庄太后向她递来眼神时，她明白了，赶紧表态，希望明珠说说话。

明珠自然是一番自责，表示皇上的做法有可取之处。

孝庄太后听明珠这么说话，不高兴了，但讲话的语气完全不像一开始了。她指着佟国维说：“侍卫内大臣，您也可以说说呀！”没想到索额图跳出来大叫：“太后别被他们左右了……”孝庄太后手一挥：“这里轮不到你！”索额图吓得赶紧退后。佟国维表示，朝中的事自己了解不多，但从明珠承认的事实上看，肤疥虽未侵入肌体，恰也离腠理不远，若不及时治疗，危及性命的事，不是没有可能。

接着，一个很大的冷场，无人敢接佟国维的话。

孝庄太后要高士奇讲话。高士奇不敢说话，孝庄太后鼓励说：“你说，说错说对都没有关系。”高士奇半天抖出一句：“上天创造人时，只是分放到不同的地方享受上天赐给的食物，应该说天下的各族人都是兄弟姐妹。”说完，看着富察·马齐。

富察·马齐接过话：“满汉合则兴，分则败！”

孝庄太后问：“就这些话？”

富察·马齐点点头。

孝庄太后知道康熙的脾气，当然知道今天这场戏的结果。到了差不多的时候，她挥手让所有人退出，只留下康熙与苏麻喇姑。三人嘀嘀咕咕说了什么，没多少人知道。但后来的人在著作中透出一二言：索额图的表现引起了孝庄太后与康熙的高度重视！还有一点，孝庄太后向康熙表示，你的“满汉兄弟论”“满汉一家亲”不要在宫中做，别的，我看不见，也就管不上！我老了，以后的日子是你的，你怎么折腾，是你的造化！

康熙明白，京城还是满臣所在，想满汉一家亲，必得先从下面开始。这下面是哪里，扳指头、捏来掐去，直隶近京都太近，显然不妥。除了两江总督署，再没别的地方！对，从那里开始让我好好担当历史给我的这份责任！为了不重蹈元灭亡的覆辙，我一定要做个与别人不同的皇帝。康熙对自己反复这么讲。

……

三十八年（1699年）康熙第三次南巡到南京，两江总督张鹏翮陪他谒明孝陵。他想起了那次题的“汉武唐韵”，对张鹏翮说：“有人对这四个字有看法，认为是颂扬朱元璋文德武功！不妥吗？朱元璋不能享有此誉吗？”

张鹏翮的脑袋非常好，但他也明白，康熙提出的这个话题自己是不能接的。你如何评价朱元璋的功绩，都涉及对元朝的态度。元朝是异族统治汉人，你若说异族不能统治，那不就是否定眼下这位异民族皇帝吗？康熙见张鹏翮不语，便直言道：“中国的历史从有记载的夏商周始，汉为正，其他民族为异，而实质上你能说得清楚夏是正宗汉，还是商是汉，或周是汉？依我看，都不能这么说，谁统治并不重要，重要的是民族是否振兴，国家是否强大，民众是否幸福！从这一点看，朱元璋远远超过了成吉思汗的子孙！我赏识朱元璋的，是他治理国家在许多地方都超越了唐宋，但是否可比汉朝，不敢说。哦！对了，如果用‘治隆唐宋’应该恰当些！这是我朝对他的肯定，当然也表明我朝旨在盛世唐宋的高度！”

张鹏翮听康熙自说自话，到眼下背心的冷汗已经没有了，头脑也渐渐清楚：这个皇上不应该是顺治爷他们，这是个开明的皇上。于是大胆道：“‘汉武唐韵’很好，只是给朱元璋高了些吧！皇上题‘治隆唐宋’，微臣以为贴切！”

三十八年（1699年）己卯年四月，春和景明的季节里，精气神勃发的康熙提笔写下了“治隆唐宋”四个字，交给张鹏翮，由他去建亭立碑。这就是我们今天能够在明孝陵看到的那个巨大赑屃，俗称“霸下”驮载的那块碑上的康熙原迹。

还有一点，让全国的大清汉臣不得不诚服康熙的是：皇帝亲自为爱臣写碑文，古时很多，但清朝皇帝恰是康熙第一个。康熙给于成龙写的碑文，是向世界宣告：大清这个天下，是满汉兄弟共有的，维护大清长治久安是历史交给当下的重任！

所有的汉臣在这个时候，他们的心里明白：这个皇帝佬儿的心里有一杆秤，称出了清朝政权最最需要的是：没有汉臣的支持，清政权必然如元朝那么短暂即逝！只有抑制住满臣胡作非为，依靠汉臣中的优秀人才，大清帝国才能真正万代永固！在这个问题上，首要的是他作为皇帝，一定要对满汉两臣都能端平一碗水！

慈禧为何不如维多利亚女王

王　龙

一个国家如何对待“法”的创制、执行以及对法律规则本身的认知，反映了其制度文化内核中的内核。如果说中国的皇权如脱缰之野马，而英国的王权则被套上了紧箍。

1882年3月2日，英国温莎车站，维多利亚女王刚下火车，正准备上马车，一个叫麦克林的年轻人突然在几码远的地方举枪向她射击。千钧一发之际，另一位来自伊顿的男孩条件反射般用手中的雨伞打向麦克林的胳膊。子弹打偏了，凶手束手就擒。

1896年2月17日，北京菜市口，人潮如海。身着重囚罪衣的一位太监神色镇静，整好衣冠，朝紫禁城拜了九拜，又向远方的父母叩了头，坦然上路。雪亮的大刀片闪过，顿时血流满地，头颅乱滚。此人名叫寇连材，因为公然违背清朝“太监不得干政”的祖制，向慈禧太后上了一道谈论时政的折子，慈禧立下狠手，将寇连材交刑部议处，明令从速正法，以儆效尤。寇连材之死竟轰动全国，维新派领袖梁启超也为其撰文：“寇监不朽矣！”

两起相隔遥远的刑事案件，都因两位君临天下的女人而起。而不同的判决结果，却彰显不同政体下的程序正义。

这是维多利亚女王四十年中，第七次也是最后一次遭遇枪击事件。尽管行刺者们古怪的动机不尽相同，但法庭最终多以“精神错乱”进行轻判。为避免因对女王犯罪而判决过重，1842 年英国甚至专门通过一项法令，规定任何试图伤害女王的行为都定为轻罪，判处流放七年或监禁，同时服三年以下苦役劳动，以后的四次枪击女王案即按照新法令实施的。

对于这样的结果，女王非常生气。早在十年前的 1872 年，一名年仅十七岁的青年阿瑟·奥康纳就试图开枪刺杀维多利亚女王。在审理这起未遂刺杀案时，法官裁定这名凶手精神失常，只判他一年监禁。维多利亚女王大为光火，竭力要求将这名危险分子流放国外，以免他日后再出来干傻事。法官彬彬有礼地解释说，对不起，女王殿下，我不能这样做，因为奥康纳罪不当此，大英帝国的法律原则不允许我滥施刑罚。

作为全球最有权势的女王，维多利亚在英国神圣的法律面前无可奈何。

这样的情形，在英国已不是第一次发生。1607 年，当英国国王詹姆士一世意欲亲自审判一起案件时，法官们集体反对。理由是：“诉讼只能由法院单独做出裁决。”詹姆士一世固执己见，认为既然法律基于理性，而自己与法官一样是具有理性的人，那么由他进行司法审判就是合理的。

大法官柯克立即反驳说：“的确，上帝赋予陛下丰富的知识和非凡的天资，但陛下对英格兰王国的法律并不精通……法律是一门艺术，一个人只有经过长期的学习实践，才能获得对它的认知。”

詹姆士一世怒气冲冲地威胁柯克：“你这种对国王权威的质疑将构成叛国罪！”

柯克异常坚决地回击道：“国王在万人之上，却在上帝和法律之下！”

詹姆士一世国王不得不屈服。1621 年，当下议院的一个委员会来觐见他时，詹姆士无奈地吩咐道：“你们摆好十二把交椅吧，我要接待十二位国王！”

回到上文太监寇连材的死因，有些扑朔迷离，学者众说纷纭。有人说他忠君敬祖，有人说他癫病发作，还有人说他试图上书邀宠，结果却适得其反。但不管哪一种原因，有一点则是明白无误的：那就是尽管他是来自慈禧太后身边的贴身太监，也因为老佛爷轻轻的一句话就丢了活生生的性命。

帝师翁同龢在日记中写道："又闻昨日有内监寇连材者，戮于市。或曰盗库，或曰上封事。未得其详。"瞧，连时任吏部尚书的翁同龢也"未得其详"，足见寇连材死得多么神秘，更死得多么轻巧。

对于乾纲独断的慈禧太后来说，别说这么一个蝼蚁似的小小太监，就是权倾一时的当朝重臣，生死也操控于她的一念之间。义和团运动风起云涌之时，在决定是和是战的关键时刻，总理各国事务衙门大臣徐用仪、袁昶、许景澄，户部尚书立山，内阁学士联元等在京大臣一再上疏直言，历陈兵衅不可启，且围攻使馆，实背公法，坚决反对向各国宣战。这一下触了慈禧的龙鳞，她不但不纳忠言，反而违背清代优礼廷臣、罕有诛罚的规矩，盛怒之下将这几位忠谏大臣统统杀害，酿成一起奇冤血案。

这样的专横残暴，即使放在中世纪的英国也是不能容许的。例如，1215 年的英国《自由大宪章》的第 39 条就明确规定："任何自由人，如未经其同级贵族之依法审判，或经国法判决，皆不得被逮捕、监禁、没收财产、剥夺法律保护权、流放，或加以任何其他损害。"而在中国，人身的基本自由和以自由为基础的民主、法治，这些现代社会的基本运作机制，在慈禧一类宗法专制者的头脑中没有任何位置。皇权的专断决定了其合法的伤害权、抢劫权，"破家县令""灭门知府"这样耳熟能详的称谓，令人不寒而栗。

在打压政敌、维护权威上，慈禧太后从未手软。即使贵如一国之君的光绪，以及地位显赫的珍妃，或囚或杀，不过决于其一言而已。整个大清王朝的子民，全都战栗地匍匐于一个老女人的脚下。

慈禧一生两次发动政变，三度垂帘听政、两决皇储、乾纲独断，始终可以稳稳地运大清国脉于她股掌之上，缘由何在？梁启超先生在其《论正统》中早已给出了答案。历代最高统治者皆以正统自居，拥有至高无上的独裁专制权。专制制度到清代已达到了高度完备、登峰造极的顶点。慈禧尽管善于玩弄政治权术，但她之所以能掌握清廷最高权力达 47 年之久，并非有多么高深莫测的政治手段，而是其正统皇权代表者的政治优势，在维护个人权力的诸次斗争中，起着相当关键的作用。

如果我们认真回溯慈禧和维多利亚女王最初获取权力的方式，就会知道中英两种政体的骨架灵魂到底不同在哪里。

千百年来，中国的皇帝乃“受命于天”的“真龙天子”。因此君主的权力，决不能容许任何人分享。否则，即是大逆不道的乱臣贼子，天下人人得而诛之。在震惊中外的“辛酉政变”中，慈禧太后正是将朝野上下的皇权正统思想，作为无敌利器，给予肃顺等人致命一击，夺取了最高权力。

1861 年 11 月 2 日，当奕䜣高声宣布将肃顺、载垣等人逮捕治罪时，端华还厉声呵斥：“我辈未入，诏从何来？”严阵以待的兵丁侍卫们一时面面相觑，不知做何抉择。奕䜣审时度势，当机立断一声大喝：“现有王命在此，你们谁敢反抗？”侍卫们精神大振，将他们按倒在地，褫去冠带。当奕䜣向载垣、端华出示将其治罪的上谕时，刚才还不可一世的两人面对赫赫皇命，终于低下头颅，“相顾无语”。奕䜣厉声追问道，你们是否遵旨？载垣等只得低头称道：“焉有不遵。”遂束手被擒。

咸丰帝尸骨未寒，慈禧就依靠手中的小皇帝和颁布诏旨之权，将咸丰遗诏中处心积虑设定的赞襄政务八大臣打倒在地，可见正统皇权思想的巨大影响力。诚如台湾学者庄练先生所说：“死的皇帝敌不过活的太后。”

而维多利亚能够登上王位，实属偶然。按照英国1701年《大宪章》中《王位继承法》的规定，维多利亚原本只是继承王位的第五人选，国王乔治三世有许多丑陋的亲戚，每个人都用贪婪的目光焦渴地注视着皇冠。王位第一继承人夏洛特公主的意外身亡，使问题变得异常微妙复杂，全国目光的焦点一下子全聚集在王室几位兄弟身上，王室内部也犹如一锅沸水，王位的争夺从表面看来十分平静，而各人的心里却紧锣密鼓地盘算开来。经过一系列阴差阳错的复杂变化，王冠居然最后落到了维多利亚的头上。

需要强调的是，这个过程中有许多激烈的争斗，但全部是在《王位继承法》的轨道上完成，没有任何人胆敢凭借法律之外的阴谋为所欲为。这要放在中国，不知要上演多少出《甄嬛传》里的阴谋？

今天，在大英图书馆的珍品展厅，游客们可以看到一张黑粗泛黄的羊皮纸。它是距今已有约八百年历史的《大宪章》，它的边缘已经残破，字迹早已模糊，但它作为对君主权力进行限制的永久见证，展示的是英国历史不朽的荣光。这张陈旧泛黄的羊皮纸的背后，凝聚的是英国人八百年的血火斗争，八百年的政治智慧。

《大宪章》签订 21 年之后，议会逐渐成为依靠《大宪章》的法制原则来限制君主权力的重要力量。1649 年 1 月 30 日，被议会宣判为"暴君、杀人犯和国家公敌"的国王查理一世被推上断头台。这件事时刻警醒着维多利亚女王及其他后来者，必须遵守《大宪章》的规定。因为无情的事实反复证明一个真理：凡是英明的国王，都深谙如何平衡与议会之间的矛盾，国家发展也会蒸蒸日上；反之，国家就会陷入内乱和纷争之中，而他们自己也得不到好下场。乔治五世和伊丽莎白二世都曾恭敬地向宪法史专家们请教，学习英国法制史，总结立宪君主制的教训。维多利亚女王后来也经常向专家请教学习，永远记住一个立宪君主只应该做什么，不应该做什么。

2012 年 12 月 18 日，英国所有重要报纸的头条都出现了一条重要新闻。这一天，当英国女王伊丽莎白二世微笑着走进唐宁街 10 号的首相府邸时，英国的一项重要“国家纪录”被从此打破。她成为 231 年来，第一位在和平时期出席内阁会议的英国君主。尽管女王对当天的议题没有发表任何实质性评论，但此消息一出，就有评论认为女王有干预政治之嫌。而英国前内阁秘书奥唐纳则表示，女王是国家元首，她有权代表国家，代表每一个公民过问政府的工作。

作为一项政治传统，英国君主不出席内阁会议实际始于 1717 年。当时，根据《王位继承法》，德国汉诺威亲王继承英国王位，即乔治一世。由于他不懂英语，因此经常性地不主持、不参加内阁会议。于是，自 1717 年开始，内阁会议改由一位资深大臣主持。自此，乔治一世开创了内阁首席大臣（后来称为首相）主持内阁会议、领导内阁，英王不参加内阁会议的先例。

在英国这个君主立宪制的国家，英国君王并不具备实质性的权力。他们只是名义上的统治者。自从 1689

年《权利法案》以来，君主就淡出了权力中心。作为国家元首，英国君主一般不插手政府事务。虽然按照惯例，政府要“咨询”君主，君主有权力对政府“进行鼓励”或“提出警告”，但他们一般只是象征性地批准政府决定，并不会过问政务细节。相反，今天在英国王室每年公布一次的账单上，大到房屋修缮，女王马车配备马匹的花销，旅行费用，小到水电、煤气、文具、复印费用等，都非常详细而整齐。任何一个英国人，随时都可以上网查阅这份账单，并发表自己的意见。

《大宪章》签订的八百年来，世界上有多少王朝被推翻、多少国王在民众的怒火中丢了性命，英国的温莎王朝却为何能经久不衰、受人爱戴？这不能不说它有杰出的适应社会变化的能力。然而，王权和民权之间的激烈斗争，是英国政治史发展的一个主线。正是在这样的抗争博弈之中，英国走出了中世纪，走进了现代世界。

从表面看，维多利亚女王留给人们的似乎一直是温文尔雅的形象和不计得失甘当幕后英雄的淡泊宁静，事实上大错特错，她巩固扩大专制王权的欲望和热情并不见得比慈禧太后小。特别是当她坐稳王位后，一有机会，她就会毫不犹豫地去维护、巩固甚至企图扩大自己的王权，加强王权专制。这时她便会把自由、民主、和谐这些名词抛到一边，而暴露出固执、任性、自私的一面。在夫君阿尔伯特亲王的鼎力辅佐下，她甚至曾经有机会走上慈禧那样一言九鼎的专制之路。

维多利亚与大臣帕默斯顿和格拉斯顿的斗争，最典型地体现她的这一段心路历程。

帕默斯顿是女王遇到的最强硬的对手。

在英国政界掌握大权长达二十年之久的帕默斯顿，有着非常高的声望，被称为“主宰英国政治的天才”。他行事果断，胆识过人，同时又野心勃勃，目中无人。有一次他从奥斯本赶回伦敦，没有赶上火车。他下令临时增开一趟专列。站长拒绝了他，说这个时候在这条繁忙的线路上安排专列，是一件非常危险的事情。帕默斯顿固执己见，声称自己在伦敦有要事要办，粗暴地命令站长立即加开专列，出了事情由他负责。最后站长只好屈服，使他准时回到了伦敦。他的冒险又一次成功。帕默斯顿经常骄傲地挂在嘴边的一句话就是：“英国的强大，足以承担任何风险。”

维多利亚女王遇到这么一位刚愎自用的大臣，注定将有一场恶斗。

见多识广的帕默斯顿出任外交大臣时，根本不把女王夫妇放在眼里。对于女王的意见，他不予理睬。他故意把外交部的重要公文拖到很迟才交给女王，这样女王根本就没有时间细看甚至修改。有时他一意孤行，压根儿就不送给女王。后来他干脆就要起无赖来，公文送上去，女王表示了异议，但经过女王修改后的公文还是一字不动照老样子发往国外。当事情被女王发觉时，他便油滑地向女王赔不是，信誓旦旦地表示要训斥处理部下，此类事情绝不重犯。但下一次，帕默斯顿又假装没有时间而直接把文件发往国外了。

女王向时任首相的约翰·罗素抱怨过多次。罗素首相对帕默斯顿自作主张的行径也不赞同，要求他以后谨慎行事。帕默斯顿却傲慢地回答说，每年经过外交部发出的公文有 2.8 万件，如果每一份都要经过女王批阅后方能生效，延误的后果将是极其严重的。不但如此，一些最重要的文件帕默斯顿甚至连首相也不呈阅。外交大臣俨然成为一个独立的权力中心。

女王对帕默斯顿无视君上的做法非常生气，她开始和罗素首相讨论给这个不听话的外交大臣换个位子的事情。但帕默斯顿不顾种种压力，依然我行我素，在一些重大外交问题上仍然擅自做主，独断专行。女王终于忍无可忍，她通过首相直接转交给帕默斯顿一封信，措辞严厉地声明，今后一切经过我批准的方案，大臣不得擅自更改修正。否则，我将认为是对君上毫无诚意，理所当然地行使我的宪法权力，罢免这位大臣。

帕默斯顿从女王的信中嗅到某种气息，但自负的个性使他无动于衷。

女王不能容忍这样的漠视与愚弄，在丈夫阿尔伯特的协助下，她不断向新任首相约翰勋爵施加压力。终于，一项旨在反对帕默斯顿的议案在上院以压倒性的多数通过。然而，在下院的讨论中，帕默斯顿显示出了他老辣的政治手腕，把下院当作了他个人表演的专场。在一篇长达四个多小时的演讲中，他以滔滔不绝的雄辩和完美演讲，击败了政敌，再次脱离险境。他外交大臣的位子稳如泰山。

对于下院的决议，女王夫妇感到非常失望。现在，维多利亚夫妇深感手下的这位无视君权的外交大臣，比以前任何一个时候都显得危险。一连串的事实终于促使女王夫妇下定最大决心要赶走帕默斯顿，首相约翰在强大的压力下也失去了耐心。于是历经多次艰难的较量，帕默斯顿最终遭到了罢免。维多利亚夫妇大感轻松，帕默斯顿被挥到了一边，王权得到了空前的巩固。可惜天不假年，她最得力的助手阿尔伯特亲王过早地逝去了。如果他再活 30 年的话，如同后来一味奉迎女王的首相迪斯累利所说："如果他活得比我们这些'老手'长的话，我们就能享受专制统治的好处了。"

维多利亚在位 64 年间共经历了 20 届内阁、11 位首相。她与其中大部分首相都曾发生过冲突，相处麻烦不断。尤其是自由党人格拉斯顿曾连任四届做首相，与维多利亚矛盾重重。

1868—1874 年被维多利亚称之为"骚乱不安"的五年。这正是自由党首相格拉斯顿执政的五年。作为君主制的象征，女王成为自由主义运动攻击的靶心。

普法战争后，法国帝制的废除，共和国的成立，极大地推动了英国国内激进的共和主义思想的发展，报刊上不断出现攻击王室、攻击君主政体的言论。他们甚至提出了废黜女王，成立共和国的要求。正是在这样的背景下，一本叫《她用此做什么》的小册子被印刷了上百万份到处流传。小册子称女王每年有六万英镑的年俸供其私用，而这一笔国会指定专用的钱被挪作他用，中饱了维多利亚的私囊。这种言论广泛流传，人们确信维多利亚女王侵吞了一笔数目可观的资产。有人公开宣称："国君的礼仪职司实质上已经终止了！"言下之意就是要立即废黜国王。

这是维多利亚一生最为凄惨的时刻。大臣们、报刊、民众合在一起激恼她、责备她、曲解她的所为，到处没有一点同情和尊敬，她声称自己是"一个惨遭误解的女人"。繁重的工作和孤立无援的处境，几乎将她压垮。维多利亚以她纤弱之躯抵挡着、反抗着，心力交瘁。

自由党首相格拉斯顿的上台，更把已经风声鹤唳的维多利亚逼向绝境。

首先不能容忍的是格拉斯顿对陆军的改革。自古以来，陆军就与王室保持着密切的关系。在她看来，任何改革都将危及皇室利益。她的夫君阿尔伯特在世时，对陆军建设付出了巨大心血。而现在，根据格拉斯顿的命令，总司令不再属女王所管，而是隶属于议会和陆军大臣了。这是最令女王反感的一项改革。她感到这是对她个人地位的巨大威胁，也是对亲爱的亡夫阿尔伯特个人地位的猛烈攻击。当她听说这个可怕的人还在酝酿另一项改革——企图废除买卖军官职位的做法时，顿时觉得如同在她口腔里突然拔出一颗牙一样难受，因为鬻买军衔是得到御准的一项制度。她努力地抗议、反对，但又有什么办法呢？

不久，女王与内阁之间一场更为激烈的冲突发生了。1881 年初，她在出席议会致辞时惊讶地发现，未经自己许可她的讲稿竟被篡改了。讲稿中的内容早已偏离了政府此前的既定外交策略，这是她坚决不能接受的。争执之中，在枢密院会议上，有的大臣甚至以辞职相威胁，他们认为女王粗暴地干涉了政府的政策，放话说与其这样就不会让女王出席会议。双方难以达成妥协，不欢而散。内阁大臣们一个个拂袖而去。临出门时，他们冷冰冰地抛过来一句话：“君主只能按内阁大臣们的意愿致辞。因为君主的职责是，只能点头，而不能争辩！”

格拉斯顿触及君主利益的改革浪潮接踵而至，维多利亚女王如坐针毡，她深恐自己将步拿破仑之后尘，被赶下那金碧辉煌的宝座。这个一向倔强的女人陷入了进退维谷的困境。当格拉斯顿把一份份代表内阁的议案摆到她的办公室上逼她签字时，她愤怒得恨不能一把火烧掉这些完全违背她本意的文件。

维多利亚女王手中的御笔悬停在空中迟迟不愿落笔，抖动的笔尖把她的痛苦和犹豫表露无遗。许久之后，在无奈的一声哀叹之中，她终于在空白处歪歪斜斜地写下自己的名字……尽管一次次表现出烦躁和愤怒，她还是不得不接受现实。维多利亚女王心中积郁忧愤之情，当格拉斯顿在新一轮的大选中败下阵来时，她才出了一口恶气。离开内阁那天，格拉斯顿前来拜别女王，维多利亚高高在上，只冷漠地说了一句："格拉斯顿先生，我想你现在总该休息一下了吧！"

可以看出，无论是在白金汉宫还是紫禁城，争权夺利的政治斗争都一样激烈残酷。但维多利亚女王和政敌的斗争，无论如何都是在法制的轨道上进行。而慈禧对政敌的打压，则完全取决于维护王权的需要，是千百年来宫廷阴谋的一再上演。

1865 年 4 月 14 日，恭亲王在两宫面前“双膝跪地，痛哭谢罪”——原来他没把这个嫂子放在眼里，谁知自己功高盖世，命运竟然像羽毛一样顷刻间被折转翻覆，令他猝不及防。慈禧通过蔡寿祺的奏折所引起的这场风波，“玩一亲王于股掌之上，谴责之，以示威，开复之，以示恩”（**蔡东藩语**），此后又进一步对恭亲王领导的洋务事业进行打击和限制，使其“事无巨细，愈加夤畏之心，深自敛抑”，使恭亲王的权力大为削减，短短三年里所有恩赏，一日之内，荡然无存。

光绪十年，在不到一个星期的时间里，慈禧操纵大清有史以来最高权力最大的变动“甲申易枢”，完成了军机处大换血，奕䜣被彻底扳倒，慈禧建立了完全听命于自己的中枢机构。这次奕䜣惨遭罢黜，反对之声寥寥无几，与同治四年那次弹劾风波引起的反响完全不同。前后十九年，同样是罢黜奕䜣，反差如此之大。功高盖世如恭亲王者，仍被如此轻易驱逐出权力核心，其他人更是谨慎小心、噤若寒蝉。

1898 年 9 月 21 日，慈禧亲自指挥镇压了变法，狠毒地杖毙了光绪身边的两位亲信太监，把奕劻等亲王大臣召集至大殿，令光绪跪于案旁，并置一竹杖于案前，气氛威严，杀气腾腾。慈禧对跪在面前的光绪厉声斥骂。一言九鼎的帝王，瞬间堕落为亡国败家的祸首，光绪连大气也不敢出。慈禧余怒未消，继续指斥："变乱祖法，臣下犯者，汝知何罪？试问汝祖宗重，康有为重？背祖宗而行康法，何昏愦至此？"

这就是大清与英国法治传统的区别。大清朝的法律只是侍奉王权的奴仆，是帝王绝对垄断的统治工具，亿万子民只有恭顺地领受法律裁决的义务，而绝对没有了解法理依据的权利。对于那些敢于窥视和更改帝王法律和"祖制"的人，哪怕他仅仅触动了一个字，也要受到最严厉的处罚。而在英国，司法享有独立崇高的地位，法庭判定之后"王者一字不能易"。两种"一字不能易"，正是慈禧太后和维多利亚所执掌的政权，所具备完全截然不同的制度基石和法理基础。

一个国家如何对待"法"的创制、执行以及对法律规则本身的认知，反映了其制度文化内核中的内核。如果说中国的皇权如脱缰之野马，而英国的王权则被套上了紧箍。在西方法律史上，法律合法性的最终根据，来自于上帝和自然法则之正义。在这一法理基础之上，我们看到像英国这样的国家如何坚决地依据法律的权威来约束国王的威权——“国王在万人之上，但是在上帝和法律之下”是西方文明的要义。

而反观中国的皇权制度，我们有的是“法乃天子之神器”“权者，君之所独制”。先刑后法、以刑代法、以权凌法，使皇权下所谓的“法”，不过成为治国之器物，侍奉权力之律令工具而已。当法律本身都横行不法，那还有什么样的规则能够被遵循？当权力本身肆无忌惮，社会失序也就成为必然结果。这样的统治模式，使加害者与受害者，统治者与被统治者，在任何时候都失去了安全感。受害的，是所有人。

对于权力的追求和渴望，是慈禧太后与维多利亚女王的共同梦想。但正是不同的制度路径，衍生出她们不同的政治理念，从而导致中英两国迥异的国运拐点。

在与大臣们的权争中，有一件事情深深地刺激了维多利亚。激进好事的帕默斯顿被她一手赶下台后，正当她满以为他“年事已高将不会再有多大的作为了”。可是几年后，这个家伙却再度发迹，一举成了英国的首相，她不得不痛苦无奈地授权他进行组阁。“不倒翁”帕默斯顿的死灰复燃，逐渐使维多利亚明白，帕默斯顿的最终胜利与其说是他个人能力与权术之胜利，不如说是他的主张与政策吻合了时代的节拍。她感到自己个人的力量已无法与时代之潮流做你死我活之战斗。废除至尊、削弱王权、追求自由平等正成为这个时代最得人心的潮流，如果她不顺应这个潮流，就真的连现在的地位也无法维持下去了。

她的政治态度在晚年发生了重大变化，开始一步步朝一位成熟的立宪君主迈进，乐于只做帝国精神的象征。人们把国王比作国家机器的轮子，虽然转动得很快，但不发生多大效力，因为它与机器的其他部分是脱节的。内阁在名义上把女王抬得很高，而女王也乐于不再过多地去干涉内阁的政务。但是女王仍然是国家机器不可缺少的一环，英王具有不可替代的作用。英国君主立宪制，经过维多利亚与内阁的反复磨合较量，终于达到一种平衡并基本定形。

有意思的是，慈禧生前对维多利亚这种“统而不治”

的方式嗤之以鼻。德龄作为慈禧的贴身宫女在清宫生活了两年，她在回忆录《清宫二年录》里，记载了慈禧太后一段值得玩味的话：

> 英国是世界上的列强之一，但这并不是维多利亚女王独断的功劳。她总是有议会里的那些能人帮助她，凡事都替她想得非常周全。她其实对国家的方针政策无话可说，只需要在文件上签个字而已。再看看我吧，我的四亿臣民，都是依仗着我的判断。虽然我也有军机大臣一起商议国家大事，但这些人主要负责官职任命之类的事情。遇到大事，还得我亲自做主。

漂亮的谎言背后，是皇权政治流血的本质。千百年来，中华大地那演不尽的机锋权谋、宫廷血斗，谁不是为了一袭龙袍加身、万世江山独霸？打天下只为子子孙孙坐天下，建国家实则世世代代成家国。慈禧太后自从登上皇权宝座那天起，就意味着保持这份权力的斗争是你死我活、血雨腥风。1861 年咸丰皇帝去世之后，慈禧很快成为各派政治势力矛头所向的焦点。在险象环生、危机四伏的紫禁城里，在严酷、恶劣的政治环境中，作为一个女人，为了避免成为他人刀俎之下的鱼肉，慈禧一生都必须进行艰苦卓绝的斗争。舍此而外，必然朝不保夕。她个人的命运何尝不是专制王朝政治的缩影？即使秦皇汉武、唐宗宋祖，谁的权杖上不是阴魂不散？谁的王冠上不是血迹斑斑？在权力斗争的旋涡中，没有手腕本不能自存，何况还想实现政治抱负呢！

然而，由于慈禧的一误再误，晚清社会的政治体系不但面临着权威危机，而且还面临着统治危机；从实现现代化的政治条件上观察，清末的政治体制已经失去了实现现代化的政治功能。要在这样的时代条件下推进一场改天换地的社会变革，可能性几乎为零。

慈禧虽然积极支持洋务运动，对早期的戊戌维新也予以支持，晚年还决意进行比戊戌变法还激进的改革，但她一切改革的前提，都是以不触动自己的权力作为前提。对于嗜权如命的慈禧而言，她首先考虑的不是什么枢臣治国之才能，而是枢臣对自己绝对的忠心和服从。她三度垂帘听政、两决皇储、乾纲独断、运大清国脉于她的股掌之上。她的最大能力就是洞悉人性、工于心计、个人至上、敢作敢为，而这正是专制帝王所应具备的素质。

慈禧是政治强人，但不是大政治家。戊戌年间，王照曾指责慈禧“但知权力，绝无政见”。溥仪在《我的前半生》中说：“慈禧是个权势欲非常强烈的女人，绝不愿意丢开到手的任何权力。对她说来，所谓三纲五常、祖宗法制只能用来适应自己，决不能让它束缚自己。为了保持住自己的权威和尊严，什么至亲骨肉，外戚内臣，一律顺我者昌，逆我者亡。”

1900 年，当新世纪的曙光冉冉升起的时候，儿孙绕膝的维多利亚女王在英国伦敦白金汉宫安详地度过她最后的时光。8 月 15 日，北京的德胜门，大清皇家军队凯旋入城的胜利之门，一身农妇打扮的慈禧太后带领一帮蓬头垢面的王公贵族，失魂落魄地奔逃往西安。他们身后是火光冲天血流成河的皇城北京。昔日君临天下的紫禁城，此时已沦为八国联军烧杀抢掠的人间地狱，远远传来的隆隆炮声依然令人心惊肉跳，胆寒不已。

慈禧太后与维多利亚女王，一位是东方帝国的太后，一位是“日不落帝国”的女王，这两位当时世界上最有权势的女人，却在踏进 20 世纪的门槛时遭逢两种截然不同的命运。维多利亚女王树立起不朽的时代丰碑，而慈禧太后留下的则是满目疮痍的山河。

《语之可》· 诞生纪

在出版界和报业从事编辑工作多年，每天的阅读中，有许多意境阔远、独抒性灵的文章跳脱出来，却往往由于不符合图书选题或报刊版面的需要而最终割爱，殊为遗憾。最近几年所供职的《作家文摘》是一份内涵丰富、偏重文史的文化类报纸，拥有一支视野开阔、眼格精准的编辑队伍，茶余饭后的研谈中深感一些有嚼头的选题有必要进一步地深化或拓展，慢慢构思出一本内容偏重轻历史的杂志书雏形，采用连续出版物的形式，在大部头的图书与快节奏的报刊之间取“中”，融合报刊的轻便丰富和书籍的系统深入，既不会使读者产生需要正襟危坐啃读长篇出版物的畏惧心理，又不会觉得不够有料，因浅尝辄止而怅然若失。小小的读本因集结了诸多情怀蕴藉、张力十足的佳作而成为读者浮躁生活的一份心动邂逅，无论日常生活中的哪一个角落、哪一种瞬间，都可随手展卷，在轻松愉悦中收获满满的启迪和感动。

这本连续出版物取名“语之可”，我们希望以一种独立纯粹的阅读趣味投入浩如烟海的文字中，发现、筛选、整理出那些兼具史料性、思想性、文学性的历史文化大散文，既有学者的深邃思想，旨要高迈、洋溢着天赋和洞见；又有文人的高格境界，灵动优美、感动人心，以最有价值最具力量的文字，剑指“文史之旨趣，家国之气象”。其余，英雄不问来路，无论作者声名，无论是否原发。

《语之可》计划每季度推出一辑，每辑三册，每册六到八万字，五到十篇文章，文章长短数千字至一两万字不等。每册所收文章内容旨趣相近，围绕一个画龙点睛的分册主题。每册都配有一组绚丽多姿的文艺插图，附有背景介绍和衍生的艺术史知识，构成一个微型的纸上主题画展，以期与内文的气质一脉相承，珠联璧合。整个装帧我们希望达到文质兼美的效果，远离一切浮华与虚张声势，回归简静大气的古典韵致，精巧易携。

虽然沉潜思量多年，就本书的出版而言，由于主观的懒散及客观的冗务，却是各种拖延蹉跎，只是在工作之余零敲碎打，有一搭无一搭。得现代出版社同仁的鼓励鞭策和精干高效运作，这个寄寓着我们理想和初心的读物——《语之可》第一辑终于和读者见面了。

书的取名也颇费踌躇。为了体现一种对高迈深远文字的追求与向往，书名受启发于孔子所言“中人以上，可以语上也；中人以下，不可以语上也”。曾有“语可”“语上”之名，最后定名于“语之可”，是觉得这样语感更富于变化，语义也更丰富。特邀北京大学赵白生教授翻译成英文。赵教授初译“Beyond Words”，已觉极佳，不想他又颇费思量地请高人译为“Proper Words”，我觉得这两个都是言近旨远，很棒地表达了我们所想表达的意味，实难取舍。

一位作家曾感慨：编辑是一群无声、无名的人，他们的一生像一块巨大冰岩，慢慢在燥热的世间融化。这是个纸质出版从田园牧歌步入挽歌的时代，几个有点理想、有点激情又有点纠结、有点随性的编辑，究竟能做点什么呢？要不要做点什么呢？始终难忘讲述一群辞典编辑日常的日本小说《编舟记》，书中这样解释事业的

“业”字：是指职业和工作，但也能从中感受到更深的含义，或许接近“天命”之意。如以烹饪调理为业的人，即是无法克制烹调热情的人，通过烹饪佳肴给众人的胃和心带来满足。每一个从业者，都是背负着如此命运、被上天选中的人。也许，我们这些以编辑为志业的人就是一群无法克制编辑热情的人，能够为读者呈奉出几本可资信赖的读物正是上苍给我们的机遇。一事精致，便可动人。很多英伦品牌历经数百年沉淀，淬炼出一种经久不衰的高尚风范，每件单品都仿佛在唤回一个逝去的优雅世界。纸质读本也是一种历久弥新的单品，以其可触可感，有热度、见性情的朴素温暖着人们的情感与记忆。在这个高速运转、速生速朽的时代，我们唯愿葆有初心，以真诚，以纯粹，以坚守，分享打动内心的文字，也期盼这文字的辉光映亮更多的人。

感谢作者们的支持，许多作者表现出毫不计较的信任，我们感念之余也深受鼓舞，为前行注入了不竭的动力。感谢《作家文摘》这个温暖有力的集体，特别需要提到语可书坊的主力们：经验丰富、功力深湛的唐兰大姐和几位 80 后、90 后新势力——飒爽能干的小琴、文思敏捷的小裴、耐心匠心兼蓄的小于……她们的辛勤付出让《语之可》及语可书坊日臻美好。

临事是苦，回想是乐。不管如何沉吟，最后收束时似乎总是感觉仓促而不满足，或是眼高手低，或是现实所羁，力有不逮，粗疏和不足之处在所难免，诚邀各位方家指正，更希望多赐精彩篇章，共同促进《语之可》茁壮成长！

张亚丽

二〇一六年冬

用思想力澄明未来

图书在版编目（CIP）数据

语之可. 02, 英雄一去豪华尽 / 张亚丽主编. -- 北京：现代出版社, 2017.3

ISBN 978-7-5143-5675-5

Ⅰ. ①语… Ⅱ. ①张… Ⅲ. ①散文集－中国－当代

Ⅳ. ①I267

中国版本图书馆CIP数据核字(2016)第312444号

策　　划: 作家文摘 · 语可书坊
主　　编: 张亚丽
责任编辑: 张　霆　赵海燕

出版发行: 现代出版社
通讯地址: 北京市安定门外安华里 504 号
邮政编码: 100011
电　　话: 010-64267325 64245264(传真)
网　　址: www.1980xd.com
电子邮箱: xiandai@vip.sina.com
印　　刷: 山东新华印务有限责任公司

开　　本: 787mm × 1092mm 1/32
印　　张: 7.5
版　　次: 2017 年 3 月第 1 版　　2017 年 3 月第 1 次印刷
书　　号: ISBN 978-7-5143-5675-5
定　　价: 35.00 元